アララギ派叢書第二十一篇

寒色暖色

長森 聰歌集

現代短歌社

目次

Ⅰ　最初期

Ⅱ　歩道　一九六四年〜六七年

Ⅲ　久木　一九六五年〜六九年

寒色暖色

Ⅰ　最初期

毎日歌壇　佐藤佐太郎選

秋雨の四日止まずに降る朝に電車濡れ来て朱を輝かす

枯芝にわが犬が寝るここちよさ二階より見て絵を描きつづく

毎日新聞に掲載　年月不詳　投稿一首づつ二回のみ

Ⅱ　歩道

一九六四年～六七年
佐藤佐太郎選

フランス　一九六四年～六七年

クーランス城

一九六四年

古き石を眺むるつねの三年経てこの城の春をまた描くわれは

鉛色にうすき蒼みを湛へたる城の屋根仰ぐ屋根の鋭角

あきらかに規矩を定めし庭のすがた伸びやかに展ぶ水の光は

太々と重き鉄鎖は垂れゐたりその下に矩形の水たたへたり

サクレクールの丘

照る時は乳色の塔また翳りいま紫のサクレクールの丘

あまたたび往来たのしむ中庭の噴上げの水軽く傾く

紫の赭みの色の影となり夕光はつつむパリのノートルダム

日本の古き大家の強き線を活かせと言ふシャプランミディ先生の言葉

ピカソ女人像

大胆に比例をやぶる均衡ぞピカソ女人像の頬のふくらみ

麦秋は目路の涯までひろがれり穂波の中の芥子もなびかふ

七世紀経につつ光るつややかさ塔の出口の石の手摺りは

自らの選びし道を楽しとも寂しとも思ふ当然のこと

朱鷺《とき》いろの雲

ゆたかにて流ると見えずロワールの中洲が別つふたいろの水
もの思ふひまにひろがる朱鷺いろの雲輝けり水に映りて
鉄の旗はためく形高く低く城の風見は疾風に動く
夏終る陽差と思ふ高山の古城の塔の石に坐りて

軍楽隊

幅広き大路を兵ら溢れ来て直に進めば埃も進む

濃き影を短く舗道に落しゆく軍楽隊に蹤きてしばし歩めり

麦刈機の過ぎてあがれる土埃赤き夕日をわれは見て立つ

野のそよぎ風のさやぎを遠く来てシュノンソーの城の壁の夕映

一九六五年

月の暈《かさ》

地の冷え空気の冷えを感じつつ月に暈ある宵街をゆく

ゆたかなる形に月の暈の中に白雲はのぼるかがよひながら

遠き星ひとつのみにて月の暈に従ひたるを寂しみて見る

暈のある月はわたりてゆくらむか空の広らのさむざむとして

友の城より

水に映る大き白雲を動かして馬は足冷やす橡の木の下

サヴォワなる山の崖肌染むる陽を友の城より二朝眺めし

中空に襞深く立つカテドラル寄り合ふ塔も離れし塔も

石柱の石の重みを頒ち負ふ使徒らの像にふりかかる雨

剝かるる兎

霧雨の降り止まぬ日のコンコルド噴上げの水の寒き白さよ

花売りの車のかたへ人も無き午後三時にてミモザの黄色

何気なく階を降り来て隣り家の庭に兎の剝かるるを見る

蒼黒き巨樹の翳りその下の凍れる水は水門を落つ

機関士のポロ

陰影はつねに大胆に置かれゐて光の面に光を得しむ

触れてみる石も木肌もあたたかく彫刻教室のわきに積む材

機関士のポロが来りて耕すか土くれの音を聞きつつ寝過す

冬終る雨にドームは濡れてをり四つのドームのひとつ大きく

父逝く

天つ日の傾く西はイギリスの方ぞと望む崖のあら波

六面の鏡を備ふ城の部屋覚めつつ灯《あかり》ともさずにゐる

生来の性にて手紙書かぬ兄がはるかなる父の死のさまを伝ふ

ヴォルヴィクの山の泉の溢るるを見つつゐし日に父は逝きしか

疎開して浅川の辺の蚕室《さんしつ》を家居として父母とわれ等と住みき

マイヨール裸婦像

きはだちて石の煙突に影深しルーヴルは庭の灯を受けてゐる

位置を知るマイヨール裸婦像に歩み寄る夜の園にして光る銅の肌

ルーヴルの屋根より銅の樋降る先端は口開けし魚の形

乾されたるシャツ青く見えその向う菩提樹の上に春の陽沈む

工夫ひとりアイリスの花束を持ちて歩む広き操車場の線路の間

船の家居

そそり立つ一つきりぎしに垂直に頂の砦ふもとの城館

油槽船が村落の如く集まれるこの川沿ひの街に市立つ

川沿ひのカフェを出でし一家族船の家居に帰りゆきたり

ひとときにノートルダムは闇に沈み劇中の晩餐の卓が輝く

受難劇の進行の中に繰返す赤き悪魔の踊りも見たり

シャンティイー

三月になりたる土は赤らみて見えしが午後は雪降り来たる

シャンティイーに来りて我はつねに好む鈴懸の下の石に坐れり

不規則に傾く太樹鈴懸の並木より城の塔を見てゐる

それぞれに船着場もつ家並ぶアンギャンの湖をボートにてゆく

地下の川地上の川

牛の糞ひとつ乾きてゐたりけりガロンヌの岸にわが坐るとき

歴史劇の青き光が壁を照らす法王庁に蟬なきつづく

ピレネーの山の湯出づる町に来つ広場の中に浴泉ひとつ

時長くわが遡り来し地下の川地上の川の光につづく

足もとの蟻

ローヌ川の岸に昼餉をしつつゐて足もとの蟻に砂糖を落とす

闘牛場に我は見下ろしゐたりけり血を吐きて今死にゆく牛を

みなしごのために醵金して教会の扉に鋲を打つ列に並べり

暮れ方のセーヌに沿へる道の上六頭のロバが信号を待つ

盥《たらひ》ほどあるチーズ

一九六六年

朝々にわが向ひゆくパリの方地平線に親しサクレクールの丘

わが通ふ小さき駅の陸橋に遠霞むサクレクールの冬の雲見ゆ

鹿一頭盥ほどあるチーズなどイタリー門の市場にて見る

檻の中に虎が食みゐる赤き餌その骨を嚙む音ぞひびける

午前十時の灯《あかり》

空低きこの国の冬の窓際に午前十時の灯を点す

手に受けし肉の包の冷たくて年暮るる今日の人群にをり

この岸の船の聚落にへだたりて真白き船の教会浮ぶ

夥しき船の家居の上にひびく降誕祭《ノエル》の鐘は陸の寺より

夜のロワール川

調度みな青き部屋なかに憩ひをりテラスに夜のロワール川光る

広々と夜の空気が動きをりオルレアンにして速きロワールの岸に

わがめぐる石畳よりそばだちて砦なる無数の石積み厳し

言ひ難き午後の静かさに群だちて城の裏庭に咲くアマンディエ

ユーゴーの家

ユーゴーの家に立つ国旗眺めつつ昼ふけの公園に我は憩へり

厳しかりし冬を越えたる鳩も休むヴォージュの庭に羽根を畳みて

時世経《ふ》り今も人の呼ぶ狩の城森深き街に白く聳ゆる

抜穴

過ぎゆける城の饗宴のためにしてこの塔に飼はれき食用の鳩は

タルシーの城より麦畑に出づる抜穴それより先は如何に逃れしや

夜の青深まりゆける空見ゆるオペラ座の軒の照明の上に

玉葱の香に眼をさされゐる我よ何の為この国に留まりてゐる

晩餐の灯

晩餐の灯が輝きてゐる観光船パッシイ橋の下をいま過ぐ

過ぎてゆく船の夕食の皿の音われの憩へる岸にきこゆる

過ぎてゆく船に灯ともる部屋の中夕食を運ぶ人らの見ゆる

放たれし兎

一九六七年

わが家の庭より低き隣庭秋の青芝に兎あそべる

わが家の裏庭にをりて五六軒先までの庭のダリアが見ゆる

冷え冷えと雨降りし午後放たれし兎は落実の林檎はみゐる

水道の塔聳えたち新しき街はそこより森となりゐる

Ⅲ　久木　一九六五年～六九年
飯岡幸吉選

フランス　一九六五年～六七年

ロワイヨーモン僧院跡　一九六五年

芝刈機過ぎし直線の深きあと僧院の掘割に平行してゐる

僧らいかに働きをりしか堂の中に水藻のふるる水車を見出づ

こぼたれし石壁に残る高き丸窓九つの窓に雲光りゐる

稀に遇ふ聖母子彫刻の表現か乳房をふふむ幼児《をさなご》イエス

紫にわが靴先は光りゐる高き玻璃窓のいろを映して

受難劇

数へつつイエスに笞《しもと》打ち下ろす音はひびけりノートルダムの夜の野外劇

受難劇の雷とどろけば忽ちに内側《うち》より輝く正面の薔薇窓《ロザース》

受難劇の終末の丘に進みゆく素足のイエスの踏む砂光る

古《いにしへ》の闘士《グラディアタール》

高速道に過ぎたる丘の夕光に見えしエリカのひとさまの色

アルル闘技場の最下段に見ゆる鉄格子奥深く昔獅子をりしところ

青草の上の休息に馴れをりし我はとまどふスペインの赭《あか》土

たたかひの前には赤き砂撒きて血を受けたりとここに伝ふも

古の闘士《グラディアタール》は奴隷にて闘技場に敵を殺しはじめて自由を得たりき
いづれかが死ぬこと即ちさだめなりし古の闘技とその観衆よ

闘牛

日向《ひなた》の席の切符を買へり闘牛場は日蔭の席の料金高し
牛を交はす闘牛士の動作に従ひて人々の声ひとつにゆらぐ
深々と貫く剣はそのままに牛動くとき急所を切裂く

恐怖のみによりて闘牛に上達すと闘牛師の一人語ると言ふも

闘牛の滅ぶる時は闘牛のための牛の種《しゆ》も絶ゆると言へり

無神論者の墓

一九六六年

キリスト者に非ざりしフランス人ノト氏の柩教会を経ずここの墓地にしづまる

風呂なくて三月《みつき》風呂浴びぬわが体拭ふラヴェンダー液の香りに香る

塔の壁に彫りし花文字のこまやかさこの落書は世紀を隔つ

帰国する君

我を励まし我は君のため何を言ふ君がパリを去るタクシーの中に

広場を中心に放射状に並ぶ道なしと帰国せし君の便りに読みぬ

君が残せし日記帳一冊と草履一対東京に送らむと重さを量る

レオナルドのデッサン

額近づけわが手に取りしレオナルドの歳古りしデッサンに胸迫り来る

わが手触《た》るこの羊皮紙のデッサンはレオナルドの後幾人《いくたり》が手触りし

一角獣

鳩交《つ》るみ猿が鳥籠を眺めゐる聖者の工房に光平けし　古版画六首

聖者一人を軸となしつつ群るる悪魔空中にゐて天へ昇りゆく

十二人の男の衣の襞の波渦巻きて聖母の死の床を囲む

智慧の実を捧ぐるイヴの絵の一部遠き天際の岩に立つ羚羊

巌こごしき葦茂る岸の蔭にして眠れる獅子のたてがみの光

この川の毒を浄むと一角獣がその角を水にさし入るるところ

手紙

フージェールの城のデッサンに記《しる》し置く輝く屋根に光と書きて

一日に二回手紙を書くことあり君思ふ時は他のことをせず

八月も寒しと言ひて見下ろせり隣家の林檎の樹の下の兎

サンミッシェル橋の下《もと》より出づる船洗濯ものの布輝きて

一九六七年

ゴッホの部屋

建物の高さ人間の立体感何か調和ありそれに慣れたり

天窓が一つあるのみのゴッホの部屋われのアトリエより小さしと思ふ

五年間その壁にありと覚えたるルーヴルのジョコンダの絵の位置変る

ジョコンダ即ちモナリザ

（一九六七年二月より六九年十月まで久木に出詠せず）

日本　一九六九年

マリー・アントワネットの靴

色暗むまで水打ちし庭石の苔に登りゆく蟻を見てをり

カルナヴァレ美術館にありし多くの物われはマリー・アントワネットの靴のみを記憶す

Ⅳ　アララギ　一九六五年～九七年

フランス　一九六五年～六七年

マダム　グレッシエ　一九六五年

いつか彼等の歌滅びむとドイツ兵士の前過ぎし日を語るマダム　グレッシエは

わが名はアンヌにてハンナに非ずとマダム　グレッシエはドイツ読みを嫌ふ

約四十七年間ドイツ領に編入されていたロレーヌ地方出身の彼女は、その時代はドイツ語を強制されていた故に、逆にフランス人意識が強いのであった

瑠璃色の反照

高き橋の階段を降りるときとなり花嫁の裳裾をその母がかかぐ

銀行秘書のヴェロン氏は五十歳を過ぎてルーヴル美術史学校に五年間通ひゐる

朝八時に斧降り下ろし夕五時に一樹倒せりと言ふ十四年前の切株

瑠璃色の反照の中のセーヌ川アレクサンドル橋の灯も映りゐる

三月二十日午後八時五十二分フランスに春立つとラジオは言へり

ボルドーの鰻

モデルポーズの休憩時間に足をあげてカジミールは踊るアルルカン扮装のまま

ボルドーに来たりて人気《ひとけ》なき店に小さき鰻のフライを食へり

ボルドーに来たりて我は二日見るシャプランミディ先生の二百点の絵を

五十点に余るわが師の静物画その構成を我は一点づつノートす

ボルドーの人無く広きミュゼの中我は止《とど》まるドラクロワ獅子猟図の前

上半面損はれたるままにあるこの獅子猟図は最もドラクロワのもの

マルケ

マチスよりマルケ夫人に贈られし小さき婦人像の朱は暖かき

逆光《コントルジュール》と題されしマルケの裸婦にして全身褐色の中右くるぶしに赤き光射す

通行しつつ画面の外へ歩み去るごとき人物をマルケは描けり

オーヴェールの道

歌ふごとく二つの鐘がひびき来るオーヴェールの道にのど渇きゐつ

ゴッホの暮した村

教会の鐘鳴り終へてオーヴェールの駅を過ぎゆく列車の音す

草ごもる流れに沿へる村の空地ジプシーの駐車禁ずと標《しる》す

門を閉ざすセザールの塔の午休み三匹の番犬が代る代る麓の我を見下ろす

サン・ルー・ド・ノーの寺院の鍵を借りると前のよろづ屋に桃を買ひたり

シャンデリア消えて青白む天井画舞台の幕が明るみて来る

パリ・オペラ座

カルメンの序曲の時に赤き光ひかりを増せばオーケストラ赤し

刃の長さ反りの形刀の如き鎌を負ふ農夫が城壁に沿ひつつ歩む

第一の特徴は第二の特徴はとモワサックの彫刻を前に少年ガイドは汗しつつ説明す

主役ならざる闘牛士

一九六六年

歳老いし主役ならざる闘牛士わが傍らの柵に牛待つ

黒き牛の片側に光り流るる血闘牛の終る時は近づく

幸福をかたどる色の輝きかサルセル幼稚園児が焼きし皿の牡鶏

コローが描きしままの形にこはれゐるマントの橋に新しき橋隣る

十一人の兄弟すべてドイツ兵士となりたりとロレーヌの一八七〇年以後のこと

アルザス・ロレーヌ地方は一八七〇年普仏戦争敗戦の結果ドイツ領となる　一九一八年第一次世界大戦の勝利によりフランスはその領土を回復する

つねに来てつねに小暗き池の島ポプラはそよぐルソーのおくつき

エルムノンヴィルにあるジャン・ジャック・ルソーの墓

面白きものに非ずと繰り返し青年はわれらをボナックの城に導く

静かなるエリゼ宮の門の前に黒人ら手足伸ばし伸ばし除雪す

灰色に凍れる雪を崩す人ら午後のピガールに立ちて眺むる

ティボーとモーツァルト

モーツァルトを窓に見たりと言ふティボー我はそのままに自伝を信ず

ジャック・ティボーはヴァイオリニスト

月のさす庭に翻《ひるが》へる鳥威し機関士のポロ親子が今日渡したるもの

円き窓の下にストーヴの火が遊ぶ部屋うちにして復活祭過ぐ

対称の金具の光る寝台にあと幾月の我のねむりか

ボネール氏と太陽

かくの如くならば幸福なるべし物と物との調和を述べて師は静物の配置を直す

組み合せ数本の盲杖が置かれある舗道に低き楽聞きて過ぐ

盲人にいたく遭ふ日と思ひつつ地下鉄《メトロ》を降りてシャンゼリゼにのぼる

太陽なし太陽は小片となりて落つるならむと雨雲を見上げボネール氏言へり

原罪

ゴネス養老院に君を見舞ふと上り来ぬ段《きだ》低く傾斜ゆるやかな階段

ロレーヌにて十三歳より日に十時間働けりと養老院にても君は繰り返し語る

飛行機雲高々と見ゆる窓に向ふ飾りなき直線の養老院の窓

我に原罪なき故に懺悔せず巡回神父去りし養老院に語る九十二歳の君は

正門の右手に死者の出づる門今日も黒幕がかかり居りたり

鐘つきの心

父を継ぎて三十五年間鐘をつく鐘をつくに休暇はなしと語れり

鐘をつくは運動の一種にてしかし少しの心をこむる運動なりと語る

鉄条網の中に焚火が見えてゐるブリキと板のポルトガル人部落

パリに働き満足なれど幸福ならずとポルトガルの出稼人は短く語る

アメリカ軍のアジア配置を示す地図日本列島の上に大きアメリカ国旗あり

夏終る雨と思ひて歩みをりサントノレ街に宝石など見つつ

錆緑の壁に金色の椅子並ぶカルダンのコレクションを待てるひととき
機関士のモーリスとポロの二人組今年は別々に夏休みを取る

ジェリコーの馬

一九六七年

やはらかきたんぽぽの葉も茎も撓ふ九月九日の裏庭の午後
けむりつつ見ゆる夕日は沈みゆき菩提樹の下の寝椅子をたたむ
ジェリコーの描きたる馬は自然なりや論争し友とルーヴルに戻る

ドイツ・オーストリア行

キルメスの灯の続きゐる屋台店煮え沸る腸詰と音楽のひびき

ドナウ川に沿ひて興りしドナウ・シューレ川の名を持つ画派は他になし

二重窓開きて朝靄の中に見るリンツまで降り来しドナウの流れ

近よりてクラナッハが描きし金色の髪の毛の線の流れを調ぶ

椅子の背に信者それぞれの名札ありかく定まれる寺の中の席

日本　一九六七年～七一年

雨樋の落葉

一九六七年

雨樋にあふるる松の落葉見ゆ帰り来し東京の家に目覚めぬ

フランスより帰り来て経し二百日母の許には二夜寝しのみ

パリの争乱

一九六八年

我に残る四枚の古きパレットにそれぞれの時期の色調残る

敷石の剝がされて塁となりし日に君はサン・セヴェランに個展を開く
一九六八年五月パリに学生、労働者による争乱あり

デッサンは百フランにて売れしと言ふ赤旗と黒旗の下の個展に

催涙弾投げられしラテン区の画廊にて師は日本の我のことを尋ね給ひしと

庭石の暗き光

食卓の上に積まれしてんぐさを片寄せて休む堂ヶ島の家に

段なして海に傾く早苗田は曇れる海の光につづく

ピレネーの木の酒壺の肌光る帰り来し東京の我の書棚に

その日宿るオルレアンのホテルを決めし後車に戻り飯を炊きたり

過ぎゆきし沼間の家の白き門吊されし魚の尾は地にとどく

鉱石　貝殻　蝶　骸骨ありきわが絵の師シャプランミディ家の暗き階段に

十五年前我の描きたる烏賊の絵を掛けて母一人アパートに住む

庭石の一つに暗き光あり雨過ぎし庭の光の中に

暗き灯に翳りて白く濁る出湯フランスより帰り母と浴みをり

白樺の林をわたる出湯の香この丘に来てわが母を描く

寒き赤暖かき赤

共に踊りし七人の名を消しし跡残れる象牙の舞踏会の手帖

食器にて彫りし無数の穴のあとロッシュの牢の十字架の下に

八年の牢より自由となりし日にミラノ公ルドヴィックは外光にて死せり

パリの地図に赤く跡つけ歩みたりき着きたる秋の三月《みつき》ばかりは

シャプランミディ先生に初めて会ふ日セーヌ岸に一時間ほどゐて心しづめし

寒き赤暖かき赤と調和する背景を作りクローディーヌを描き始む

天使の裳裾

ミサのためこの街道を来る人ら少年も両親も掌を前に組みて

モントーバン市役所の桃の接待所旅の我らも黄の桃を食ふ

近づきて門の浮彫を仰ぎ見る樫の木の上の天使の裳裾

ボーの砦　　　　　　　　　　　　一九六九年

一つ岩を刻める階段は傾きて人のぼり得ずボーの砦に

僧院につづく岩山の僧の墓人型の石に水たまりをり

アルルの街ゆきて聞ゆる南《みなみ》訛《なまり》われもその抑揚を使ひて話す

壁に飾る闘牛の牛の角の下に赤き氷酒《サングリア》運ばれて来し

ドイツ兵の鉄兜《てつかぶと》

ヌガー作る村の街道に沿へる店々いづれも白きヌガーを売れり

グレッシェ夫人九十五にて逝きたりと老いし三人の姪よりの知らせ

呼びにくき日本人われの名を呼びて倒れをりし君を夜更けのベッドに戻しき

固き枕に柔き枕重ねつつねむり易く君の姿勢を直しぬ

君を看取る夜にわが触れし君の鏡煖炉の上に暖まりゐし

ドゴールを讃へる君の長き話われは聞きゐき君に元気ありき

屋根裏にありしドイツ兵の鉄兜われは裏返し漏る雨を防ぎき

フェルメール

養老院につづく小路を掃く女フェルメールの絵にありてひそけし

抱へ持つ瓶より注ぐ牛乳が線となりて鋭くこの絵を引き締む

額広く両眼はなれ唇長しかく描きフェルメールは少女の性格を現す

影ふかき若葉の下に憩ふ人ボナールはこころよきレモン色に描く

ジュールダン通りを西に去る尾灯君の車を夜ごと送りき

咳止まぬ妻に注ぎて飲ます飴湯この朝明けにほのかに匂ふ

幾度もわが絵の前に戻り来つ気力なき絵と友言ひしかば

家に運び帰りし我の落選画新しき額縁が傷つきてをり

画家番付に抵抗せむとする友ら我の後援者は妥協をすすめる

巌かげの獅子

通じ始めしドイツ語を使ひ更に問ふ美術のことはややわかりよく

夜ともなく昼ともなく深き空の緑夜とし味ははむこのクラナッハの絵

幼児《をさなご》イエスに寄る牛の眼のうるほへり大方は暗きその絵の中に

絵の隅の暗き巌かげの獅子の顔土色にして暗きその顔

細き筆にて鬚の剃りあとを描きあり頭巾と着衣は単純に塗る

智慧の実のあまた輝く樹の下に木の実渡すイヴの髪輝きて

雛を育む雉にとなりて眠る獅子青き部屋の奥に聖者読みつぐ

休詠

一九六九年十月より
一九七一年九月まで休詠二年間

再出詠

一九七一年十月より

フランス　一九七一年～七八年

沿海州の芍薬

一九七一年

夕映の終らむとする長き雲烏賊船の灯火並び輝く

ナホトカの湾内に入りて永き午後船員避難訓練の赤き帆を見つ

大きバケツに溢るる沿海州の芍薬が列車乗務員の自室に見ゆる

朝食より牛の舌とりし旅の一日に時差ありて五食肉食をせり

モンマルトルの東

窓多く花多く黒人多き町貧しきモンマルトルの東に住み始む

海の星と言ふ名の魚の店のあり胸よりボールペン吊し少年働く

ユトリロ住みし十二番地ゴッホ住みし五十四番地ネルヴァルが住みし霧の城も近し

乾す鰺に鉄の手摺りの影うつりパリのわれらの台所と思ふ

鉛色の屋根も紫の影に入り向ひの窓に光る人動く

窓多き絵の中の窓一つ描き午前中終るいたし方なし

濡れ始めしデッサンを持ちて雨を避くサンブリアック海岸旧ドイツ軍石塁《せきるい》の中に

稲妻をもたらす雲をジルは見てカトリック的ならざる雲なりと言ふ

永遠の柳平凡な柳

一九七二年

高き海老高きパリの豆腐買ひそろへ妻はまだ見ぬわが友を待つ

中国語にて全共闘と全学連とを発音しその相異をばギレムは尋ねる

六階の窓より別れを言へる妻我の歳若き友人のために

この谷の風景は絵にならぬよと言ひて寒くなり車に戻る

ゆたかなる流れにモネの掘らしめし池残り池の絵は残りたり

ジヴェルニイのクロード・モネ旧宅

モネの絵により永遠となりしこの柳絵と異りて平凡に見ゆ

土砂崩れ実験

三・五秒八十四齣の君が写真君を打倒す土砂を撮せり

ニュースカメラマンの君は見たりし多くのもの語らずカメラ抱き土砂に呑まれぬ

君を殺しし土砂崩れ実験に憤りこの狭きパリの住ひゆきかへる

望みをりし新しき住ひに移りゆくと船の別れにメモ呉れし君亡し

紙テープ投ぐるわが家族離れつつ見てゐし君はいつか去りゐき

ペーラシェーズ墓地

黒々と飾りなきドラクロワの墓の前しづかなる菊の一鉢があり

逆光の夕日を受けしビゼーの墓齢未だ若く逝きしを誌す

平らなる墓石の上の白き菊とマロニエの枯葉がありてしづけし

ヴェネツィア

十二月三十一日の夜の食ピッツァ二つ購ひて宿に戻れり

昨日の地図は使ふなとしるされし十年前のイタリアの地図をなほ使ふ旅

重き鞄妻もさげ持つ今日の宿四級ホテルミネルヴァ館へ

スキー載せてゆくゴンドラも過ぎゆけり夜のヴェネツィアに我ら着きたり

焼芋を買ひてヴェネツィアの街をゆく旅に病む妻が食べるかも知れず

ローマ法王のもとに来りし古《いにしへ》の日本少年使節の食生活を思ふ

パリ十八区ミラ街

肉屋花屋階段掃除人ベッド修繕屋今日一日我の握手せし人ら

父の遺伝か母の遺伝か手の震ふ我と知りつつ画家となりたり

流るる氷止まる氷の間の水灰色の樹々と光る雲うつる

歳若き詩人ネルヴァルの浮彫がこの村のバスの停留所にあり

友の絵を見たりし後のさびしさにもう少し絵を描けと妻は言ふなり

割れし卵雨に流るる市のあと嘆き深き妻を思ひつつゆく

怒りしづめ描きゐるるときに今日の夕日我の画面にしばらく届く

友も甥も持ちてくれたりし昆布だしの素あれば味噌買はむセーヌ川を渡りて

手を膝をスカートを絵具に汚しつつ妻はわが画布の下塗をする

カンバスをはじめて塗ると太き刷毛に絵具ふくませて妻は喜ぶ

この部屋を去る日のために我が好む鉄の手摺をリラと共に描く

絵描きには貸さぬ家主の多ければおづおづと仰ぐ新しき壁

悼歌

寒き寒き五月十六日のパリの朝先生の訃を聞き階段のぼる

悼加山四郎先生四首

コルセットはめし先生が立上り別れ告げたまひきパリにはもう行けぬと

君のパレット拭ひて過ぎし一日ありきペンを軋《きし》らせて君描くかたはら

船のランプ庭にともして籐椅子に坐りゐし先生の喜びも過ぎぬ

管理人《コンシエルジユ》の葬儀に出でし五月四日わが誕生日は祝はず過ぎぬ

悼　管理人《コンシエルジユ》ブライエ氏三首

風に動く黒布の上の頭文字Bが見えつつ柩すすみぬ

妻に借りし黒きスカーフをネクタイの如くに結び葬りに出でつ

ブルゴーニュ地方クールトワ村新居

春陽展に並ぶる我の絵の画布がたわみてゐたりと便りに読みぬ

過疎の村を車椅子にて来し老婆助けつつ下ろす者も老いびと

パリの家去る時妻が忘れ来しまごの手のことを言はなくなりぬ

新しき小鳥の巣より草が落ちマロニエの下の車を拭ふ

一九七二年五月ブルゴーニュ地方の小村クールトワ村に移る

柵を白く網を赤く塗りつづけ隣りの老いの一日過ぎゆく

椅子を移し塀を塗りつつゐし老いが昼食に立ちゆきてその椅子残る

泉より引きしこの村の水なれば水は買ふなとマリーは言へり

アスパラガス茂れる奥の小屋の裏ポーランドより来し馬車捨てられぬ

マルケの結婚

聖女の骨ありて栄えしアジャンの寺その骨奪ひ栄えしコンクの寺

十二歳の聖女の骨を収めたる木像に近づく列にわがをり

四十八歳のマルケの結婚思ひつつ揺るる箱柳《トランブル》の下にわがをり

蝮おそれ過ぎしこの夏の森の中今猟銃の音におびゆる

桑の実のジャムを喜ぶ朝々の窓にひるがへる秋の燕は

あひる売り蜂蜜売れるこの市に仔犬一匹買はれゆくなり

スイスの旅

一九七三年

道の上に馬糞の乾く親しさよインターラーケンの街を四日歩みて

駐車せる車に戻り来し人が登山靴を短靴に履き替へてゐる

白き家に赤き旗あり水辺のこの街の家々にスイス国旗立つ

旅のわれらを病院に導きし宿の主人治療費が足りるかと紙幣を差出せり

ヨーデルを歌ふスイス兵わが妻に微笑みかけぬ合唱の合ひ間に

インターラーケンに何の縁《えにし》か尋ねあてし八年前妻の宿りたる部屋

霧氷の森

移り来しイヨンヌ県は野菜うまし石灰質の石多き土

休戦記念日《アルミスティース》近づくか村の番人がひとり記念碑に旗を立てをり

冬近き畑土の湿りつやつやし耕耘機の刃に持ち上がり来る

さまざまに描きし我が絵の寸法が帰国の荷となる時をおそるる

腕時計の鎖のあとの今日痛しパリを去りやや肥りたるらし

中庭に落ち敷きしマロニエの実のあまたいつか小石に埋れ尽せり

サーカスの観客席の人々を描きなづみつつ年暮れてゆく

霧氷の森歩めば霧氷のしづく落つ森白し空青し今日の降誕祭《ノエル》は

わが車に近づきしトラックの運転席小さきクリスマストリーが瞬く

尻を並べし行商人《フォラン》の家居の車の中どの車にも灯るクリスマストリー

馬が曳き騾馬が曳きたる曳船の道残り運河廃れ残れり

蒼くつづく氷の果てに水光るところよりゆるやかに運河曲りゆく

ひび割れし氷の上の箱柳《トランブル》の影蒼々し運河廃れて

廃れたる運河に水門の家残り薪積む軒に自転車も見ゆ

「良き食欲《ボンナペチ》を」

ロマネスクの壁画を恋ふる妻のためその誕生日に旅に出でゆく

この寺の天井を直す砂埃地下礼拝堂の壁画に及ぶ

「よき食欲《ボンナペチ》を」と言ふ挨拶は適切なりここの食事も量多くして

公害を思はずイルドレの蟹食ひき今読めば水銀汚染度フランス一

フランス産魚貝といへど一週に三百グラム以上食ふなとぞ言ふ

フランスがドイツを追ひ越す夢の計画数字をあげて選挙前に言ふ

筏組みてこの山間の流れよりパリへ出でし人々如何に戻り来し

筏乗りの一人の男の像残る貧しきクラムシイの橋を過ぎゆく

水と道と並び一筋に真直ぐなり水光り道乾き涯に塔あり

クリスタルの柩の中に聖女ねむる蠟を塗られし顔照らされて

セーヌの源

歯が痛む妻に軟らかき食探す美味《うま》く軟らかきものは少し

風景に興奮する時何故に怒り易きやと妻は歎けり

よみがへり説きつつ鋭くわれら見て巡回僧が葬りをすすむ

隣り合ひて住み君の名を知らざりき今日の葬りを終へても知らず

風邪ひきし我に風土の異るをなぐさめし君忽ち逝きぬ

求めこしセーヌの源の泉の上椅子持ちて老が一人降りゆく

泉より細きセーヌの水流れ忘れな草の群落ありぬ

年毎に早まるヴァカンスと今日思ふ恋ひしスミュールの街に宿なし

キャンプファイヤー

原爆が保つフランスの自由と言ふドブレ氏の言葉に胸苦しくなりぬ

キャンプファイヤー白けたれども若き君らフランスの原爆は誤れりと言ふ

草の上のソーセージ靴の間のジャム注がれしスープはわが膝にあり

顔を近づけスープ鍋の下の火を吹けりグザビエ少年の頬輝けり

招きたるわれらもてなすと森のテントのガス灯の下に少年らの寸劇《ファルス》

科白《せりふ》忘れし仲間助けつつドミニック少年は寸劇の主役を演ず

パントマイム役者

白き壁に白き陶製の仮面ありパントマイム役者きみの食堂

一木に彫りしイタリアの龍の木彫爪より今宵の灯火を吊す

イヨンヌ川岸の草原に渡る風草に寝る少年と離れて坐る

川に沿ふ麦秋の丘揺るる箱柳《トランブル》釣人は赤きパラソルの下に

イヨンヌ川へだて音なき麦刈機進みゆく脱穀の埃光りて

サーカスの象

一九七四年

ハンカチーフ取り落したるこの象に永き幕間の練習つづく

立上る象の皮膚より落つる砂浴びたり眼の前に壁の如き象

芸をする象の間に象の糞掃きゐる人あり今日の降誕祭《ノエル》に

白き猫火の輪をくぐり黒き山羊塔に登れば絵を忘れをり

寄りて来し小人《こびと》より買ひしプログラムサーカスの小人の齢はわからず

冬木

伐られたる中に残れるリラ一樹冬木となりて霧氷結べり

小さき馬の背に振り分けてラヴェンダーの花売れど売れぬ寒き市ゆく

教会の屋根の頂きに届く夕日その紅《くれなゐ》を描かむとせり

天井の斜めなる狭き洗面所台所となして二年に近し

妻の入院

初めての油絵を描くと言ひ出せる妻に絵具を並べてやりぬ

運転免許我になし病院に六粁を如何にせむ今宵妻は苦しむ

退院のための服装となりし妻若し可愛ゆしと同室者言ふ

シャプランミディ先生 (一)

ルーヴルに時に行くかと我の絵を見つつ黙しゐし先生が言はれぬ

貧しき色とわが思ひゐし冬木の絵先生は最も色彩ありとす

色彩を豊かならしむるための色黒と茶色を貴べと言はれぬ

成功の後に自らの複製を作るなかれとシャプランミディ先生の言葉

掌《てのひら》に入るばかりのフェルメールの絵は広き大き額縁の中

ジプシーの家族

浴室の窓よりイヨンヌ川の見ゆこの宿の部屋を直ぐに決めたり

喜びて妻眺めをりこの宿の浴室の窓に見ゆるイヨンヌ川

吊橋の下の草原の駐車場今日は幾組もジプシーがゐる

入墨のためのインクかとデッサンの黒インク欲しがるジプシーの少年

今日暑きイヨンヌ川の水に草に泥投げて遊ぶジプシーの家族は

ノルマンディー上陸作戦

睡眠剤のみしヒトラーは知らざりき海渡りノルマンディーに近づきし軍を

ロンメル夫人の誕生日を祝ひロンメルが帰休せし日に上陸せり

エルウィン・ロンメルはドイツ軍元帥。当時上陸軍阻止のための司令官

粉末豆腐

固まらぬ粉末豆腐に怒れども今宵はたのしところこぶあり

モンパルナスのやきとり屋に行きませう新しく着きし友に誘はれる

右の沼に野生の白鳥すでに眠り左の沼に日は沈みゆく

老いし君慕ひゐしアラブのオマール少年君の椅子白く塗りしのち自殺せり

生者と死者

法王も農夫も避け得ぬ死を示す壁画は暖色に五百年経つ

楽器奏で死者が導く生者の列先頭に十字架を持てる法王

翻る赤き衣の死者の手が今生れし子供の手を摑むところ

モネとルノワール　　一九七五年

同じ光に輝く同じ風景を描きしルノワールとモネの絵が並ぶ

同じ柳描きしモネとルノワール垂れ下がる葉の位置は異る

広き自然の中の人々はモネ描けり人々の雰囲気はルノワールが描けり

ゲーリング

印象派美術館に来しゲーリング少年のごとく絵の前に立ちしと
ヘルマン・ゲーリングは当時ドイツ軍元帥

印象派を愛しモーツァルトを愛したるその集団がガス室を作らしめし

迫害を命令し実行させし者ら迫害の記録も命令せり

殺されしユダヤ人の眼鏡うづたかしこの映画のこの場面いくたびか見し

窓近き壁には馬のされかうべ描きて親し十七世紀のアトリエ

別れの昼餉

草刈機進みしあとに残り咲く野芥子《コクリコ》は赤き直線となりて

マロニエの黄葉も早き実の棘も見えつつ家主と別れの昼餉

一時帰国を前に家主に招かれる

我の絵を食卓より見ゆる位置におきレオナール氏は別れの葡萄酒を注ぐ

原色の街

椎の木のかげに入組む瓦屋根暗きわが家は日本のわが家

一九七四年十一月個展のため一時帰国

原色の街に帰れり原色の街を埋むる黒き髪の人々

焚火する自由入浴をする自由はつかに我の待ちゐし自由

沸々とたぎる東京の水軽し迸る湯は味やはらかし

暗き砂壁暗き天井の下にゐる帰り来し我にいつまでの家

再びのクールトワ村

東京に持ちゆきフランスに持ち帰る使ひよきこのパレットナイフ

再びブルゴーニュ地方クールトワ村に戻る

朝の二時間降りたる雪が消えし後ヒヤシンス青し薄き日の中

扉より中庭につづき道につづく出入り快き家を借りたり

帰り来し心になりて通り過ぐ広場の隅のレジスタンスの墓

ヴェトナムに起りつつある状態に受身なるは罪悪と言ひをる間に終る

貯蔵せしあまた核兵器かにかくに使はず終る敗れて終る

すみれ描き人形を描き過ぎる日々新しきヴェトナムを思ひつつゐる

パレットの掃除キャンバスを張る仕事わがはつかなる安らぎの時

罠ありと立札のあるわが村の外れの森に来りて嘆く

昼餉する人々見ゆる林檎園おびただしき落実道に光りて

殺人なし強盗なし四年前雹降りしことがわが村の事件

トランキライザー飲みしばかりに今朝の夢何か間が抜けてなかなか覚めず

コロー　　　　　　一九七六年

薔薇色の屋根の向うにノートルダム若きコローは暗く描けり

暗き絵の暗き水上にひとところ光ありコローの光となりて

馬に乗りて道ゆく人の後ろ姿コローは好めり画商も好めり

マッサージ

壁青く天井高き部屋の空気感じつつレントゲン撮されてゐる

ヴィラン医師の顔が冷たく見ゆる今日無言にて握手し帰り来りぬ

マッサージの前にわが肩を暖むる熱きこの泥はイタリアより来る

マッサージはマルセイユ生れのブレモン氏南訛はなくて肩揉む

食欲なき妻の昼餉の済みし後《のち》妻のため山桑の実を摘みにゆく

肩に当る日光が今日は快しリューマチスと言はれし左の肩に

浮世絵を語りて止まぬヴェルネー氏X線撮影にかからむとして

妻は注射われはマッサージに通ふ日々落合ふキャフェの椅子も定まりて

東京は美しき街かと問ふアンドレ困り困りて口ごもりゐる

静かなる丘に向く部屋も心惹けど夕日の川の見ゆる部屋に移る

シャトーありプラタナスあり蓮あり芝に椅子あり人を拒めり

悲しみてをりし間に乾きたる八号の雪の絵を描かむ今は

マルケ回顧展

セーヌ川流るるを窓に見つつゆくマルケの回顧展楽し静けし

高き色の絵具は買ひ得ぬ若きマルケおのづから灰色に長《た》けゆきしと言ふ

銀灰色が煙《けぶ》り流れゆくマルケの絵霧のセーヌも雪のセーヌも

その絵その絵に異る灰色のセーヌ川マルケが描けば灰色もゆたか

雪の中に点る暖かき橋の灯も描きてマルケの心ゆきしか

この絵忘れじと思ふ絵多きマルケ回顧展ゆきつ戻りつ繰り返し見つ

マチスより贈られし若きマチスの絵一生《ひとよ》見てゐしマルケを思ふ

同じ裸婦描きしマチスとマルケの絵若くして楽し互ひの影響は

地下道のセロ弾き

モンパルナスの地下道にしてセロひびくバッハを弾けり銀貨を待てり

我の持つ硬貨は武器探知機に反応し音立てぬパリ日本大使館入口

幸運をもたらす七本の麦の穂をわれらは受けとる三人の姉妹より

舊假名舊漢字

我が家に帰れば中央暖房なしガス匂ひ石油の匂ふ日本

一九七六年二月個展のため一時帰国

太き梁入り組める屋根光る柱舊假名舊漢字のごとし我が家

自動販売の米を買ひ慣れ東京のわが家に仮の生活始まる

がんもどきしらたき納豆八つ頭買ひたきものを売る街に帰る

籠と袋持ちて幾度も出入する我が街我が家に帰り来しわれらは

日本語に不自由なきやと先づ問はれ帰り来し我の診察始まる

疎開して杉の葉ひとつかね浮けし湯を家主の一族の後に浴みにし

花道を渡る子役の踏む足の細く白きを見つつをりたり

わたりゆく長き歩道橋ゆく我の行手行手に右翼のポスター

塔と塔と塔

アルミニウム白くガラスは青く照る向ひ合ふ新しき塔と塔と塔　新宿新都心

高々と仰ぐ頂《いただ》きは白き雨白き新しき塔を隠せり

塔と塔の間に起る風の流れ逆らひてゆく背に受けてゆく

黒き塔白き塔ガラスの塔の下盛りあがる若き緑かこめり

五十二階に画廊あり絵が並びたりただ中空の光受けつつ

プラスティックの花は窓辺にいつもある五十二階の窓の光に

塔の中の食事終りて出づる塔なほ新しき塔へ歩まむ

土屋文明先生

ブリュネ大使夫妻は並び日本茶を飲み始めたり我の絵を見つつ

銀座ギャラリー・ミキモト個展

平福先生以来の個展と言はれつつ出でて来ませる君を迎へぬ

土屋テル子様

朱の栞あまた挟まれし君の私注並べる部屋に君はいましき

土屋文明先生二首

温室のガラス扉はいま開かれぬ蘭の花束さし出し給ふ

「おお私の人形よ」

四ヘクタールの草原は垣なき君の庭指さすポプラより楡までの間

クールトワ村に戻る

土乾き草乾き赤き屋根乾き赤き瓦の上の雲も乾く

わが窓より見えざる塀の陰選び新しき隣人は庭に憩へり

「おお私の人形よ《“Oh ma petite poupée”》」と嫁ぎゆくクロードをその母が抱く

燕ゆきポプラ翻り麦藁は光を返す逢ひたし病む母に

天に届く梯子

一九七七年

白き黒き青き仮面にとりかこまれ仮面なき若きアンソールの自画像

反射する白きトタン屋根眼の前に黒々と描かれき高畠達四郎先生の写生

幾歳まで生きれば思ふさま描けるのか或いはいつまでも同じことなのか

石灰質強き水を飲み十年過ぐ良き絵描く願ひ叶へ給へな

灯の下に描きし朱の色を危ぶみて眼覚むれば直ぐに画室に入る

天に届く梯子を天使列をなし登りゆき天の父に会ふ壁画

親方に連れられし少年の煙突掃除人《ラモナール》また街に遇ふ九月となれり

グループに別れて入りし洞窟にそれぞれのガイドの声こだまする

一万五千粁の彼方に

死の床の母に会う一時帰国十二首

フランスに仕事場を置くこの五年母の晩年とああ重なれり

迫りたる命が今のこの時も過ぎゆく母よ一万五千粁の彼方に

パレットの上の暖かき色ながめもはや癒ゆるなき母と思へり

帰り得るフランスなりや帰り得ると決めて発ちゆく我と我が妻

帰り来し我が髪長しとつぶやけば次の日は髪を刈りて母に逢ふ

病院の屋上にある干場にも患者患者の縄張りがある

アイスクリーム溶けゆきて母の口に入る最後の一匙は我が運びし

解剖室へ去りゆく母の遺体去り去りたる後のベッドのくぼみ

癒えぬ母癒えずと知りて祈りたりき野の十字架に丘の十字架に

ひとときにキリスト者の顔になりたりと逝きたる母の唇しめす

父の骨の左に母の骨を置く今日よりは墓の中に父母あり

心しづめ向ひてゐたり母の骨納めし墓の中の空間

赤き埃

形よき寄生木《やどりぎ》を探しなほゆけり春になりたるイヨンヌ川の岸を

またクールトワ村に戻る

石の家の湿りは何か重たしと木の家を今宵妻は恋しむ

赤きベッドカバーより日々に埃落ち埃は赤し赤き埃掃く

前菜を選ぶ楽しさわが生れし日のこの卓のリラもゆたかに

リラの花桐の花つつみ咲ける駅低きホームに人はまばらに

移り来し日本人君の家を訪ふ十五粁イヨンヌ川に沿ひつつ上りて

ヴェロン村の三岸節子氏一家

三月の空気が湿りまた乾きわが描く八十号今日は描き易し

照明の熱に開きし君の薔薇熱に萎れてゆくを惜しめり

氷雨降る窓にわが画架近づけぬ五月四日四十九歳となる

レマン湖

かくの如くレマン湖の辺にマグノリア輝き咲くと告ぐる母亡し

青きレマン湖輝くアルプスこの街に移り来しチャップリン住みて老いゆく

八重のアネモネ十四本を描き終へぬ努力せし己れを肯定せむか

黒き聖母

赤き画面ひたすら大きく迫り来る快き赤と今日は思はず

肉も菓子もわが胃に重き後にして青き樅の実の酒は注がるる

肩痛し腰は重しとなげけども行かむ蒲の穂のゆるる河岸

昨夜《よべ》は花火今日は鐘鳴る日本の敗戦の日は聖母被昇天祭

鐘重く胸打つひびき選りし桃買はずに帰る寺の前の市

限りなく屋根屋根を描き時が過ぐ時がこの絵を救ふことなし

頂きの岩に城あり岩壁に寺あり岩の下に街あり

奇蹟信じぬ妻よりは我は信じつつ小さき黒き聖母仰げり

万の巡礼膝にて登りゆきたりしその日の石段のさまを思へり

ロッカマドゥール二首

リムーザンのヴァカンス

新しき熱き牛乳を庭に飲む朝の陽暑し空気冷たし

一九七七年九月バ・リムーザン地方にヴァカンスの家を借りる　八首

牛遠く輝き林檎の樹に林檎輝く朝は覚めて直ぐ描く

草の緑の上の緑の椅子を描く光鮮かに異る緑

遠き牛丘にのぼれり満ち満ちし夕日の丘を描きすすむ時

九月ひと月我が家となりし白き家めぐりの丘より谷より望まむ

写生する我の絵の上に日が移りデルベス氏はパラソルの位置を替へくれぬ

絵の中の空空となるまでつづく塗りて削りて拭く繰り返し

イサンドンの城なき城跡の村をゆくミモザ咲き村に残るは老のみ

虹

一九七八年

現れし虹は二重の虹となる時の間を見つ筆を休めて

鉄塔が空に輝く十字架のごとくに見ゆる虹のただ中

カテドラル超えてイヨンヌ川の上虹立つ時に橋渡りをり

輝きて現れてゐし虹は消ゆ人は群れゐし虹の下の街に

無神論者と王党派

無神論者は殉教者のごとく語りかけ王党派は学者のごとく語りかく

一日に二十五件のホールドアップすでに逐一の報道はせず

ラスコー洞窟発見の少年はそれより三十二年案内人となれり

日本　一九七八年〜九七年
アララギ終刊まで

葉桜の空　一九七八年

フランス語読まぬ日書かぬ日話さぬ日二週間となればさみしくてならぬ
一九七八年四月最終的に日本に帰国

東京に帰りて忽ち臥す病室窓に海棠の紅移る

病院長にすすめられ病室を出でてゆく我が知らぬ阿佐谷の街の銭湯に

七年見ざりし鯉のぼりあり銭湯を出でて仰ぎ見る葉桜の空に

クールトワの野のコクリコを描きし絵が渡りゆく佐渡のホテルの壁に

画家番付に我が名あり我が名なしと言ふ画家番付にも五種類あるよ

幡ヶ谷を過ぎれば笹塚へのぼりゆく新しき高架の勾配楽し

街道も線路も共に高架となり家々樹々の低し我が街

高架線路支ふる柱の列つづく質感は冷たくカーヴはゆるやかに

紅茶熱く特別に熱く今朝は淹れむ目覚めて春の近づく朝に

蛍袋

八ヶ岳超えて上《のぼ》れる日は届き露台の我の肌を灼き始む

一九七八年夏信州富士見高原に山荘アトリエの建設にかかる

草刈りしあとの草原の見通しはうれしも切るる鎌もうれしも

乾く土こなごなとなり乾く道埃はのぼる蛍袋の上に

日陰蝶から松の間を漂へり雉子もむじなもこの奥にゐる

棚雲の朱映えゐしが消えてゆき八ヶ岳いま夕べの青さ

夕顔をひく妻ありて露台には白き干瓢を吹く風光る

見ゆるままの山

一九七九年

見ゆるまま山描けばよしと君言へどその見ゆるままが最も難し

現れぬ峰々現るる時を待つ今日は八ヶ岳描く自信あり

古き雲消えゆき新しき雲生るる日々の山日々に異るを描かむ

八ヶ岳眺めてゐれば眠くなり眠れば瞼の上襲ふ虻

冷え冷えとかげ暗き沢に足浸す我をとりかこむ仙翁の輝き

四五人の間ひらめきて飛びたりし大水青蛾闇へ去りゆく

息をつめ吐息つきつつ線をひく稀に喜びの走る線あり

金色のから松

から松の落葉つもりてやはらかし永く願ひしアトリエのめぐりに

一九七九年七月山荘アトリエ完成

靴のまま上れる家を作りたりその点だけはフランスと同じ

金色のから松は雨に濡れてをり万のから松の濡るる八ヶ岳

赤々と見ゆる枯色の山の肌その影青しその岩白し

雨の中大根畑を歩む雉子十一月五日人のなき山

彼方の光

一九八〇年

霧ヶ峰の広く平らなる肩の上雪は彼方の光を返す

銀泥を重々と筆にふくませて霧ヶ峰の雪いま描きをり

我が庭の霜踏みて水を汲みにゆく流れ来る水と湧きいづる水と

雪の中に見ゆる薄日の小さき円淡き黄色き光増しゆく

雪の輝き今日は段階がよく見ゆる雲の影幾条か加はりし故

ナイフの刃

富士見駅に迎へし妻の服装よりわが離れゐる東京を感ず

兎ゆき雉子の過ぎたる雪の上幾日きようらにアトリエのめぐり

卓上の静物に置きしナイフの刃冬山の光反しつつあり

放射状に雪の上青き影をひくから松林の朝々の日の出

テラスの氷解けてわれらの結婚の記念日来たる二月二十六日

去年《こぞ》の夏描きし蛍袋なし花より人の増えゆく高原

失くしたる手袋はありぬイタリアの革の手袋は薪の上にありぬ

　　解り過ぎる日本語

入選に値する絵に手を挙げよと渡されし団扇の重き上げ下げ

同じ街に住みゐしなつかしき男女の川小さき菓子折を提げて歩みゐし

日本に来りて亡命に成功せし人々も日本に住むとは言はず

ジャンヌダルクは生き延びたりしと言ふ説を五百年後に作り出す人々

フランス語聞えぬ国にゐる我ら解り過ぎる日本語のテレビ煩《わづらは》し

テレビドラマ見てゐても背景の壁にある絵に我の眼はまた移りゆく

三十年間に身長三センチつづまりぬまさかと思ひ測り直せり

烏　鳩　雀も肉を啄めり肉処理をする道に落ちし肉を

浴槽に落ちて死にたる聰《さとし》ちやんと今日の最後のニュースは伝ふ

立方体の雪

雪はまさに立方体として存在し存在は高田の街を領せり

雪の上に匍ふごとき光感じつつ空重く山見えぬ越の野をゆく

一九八〇年七月、新潟大学美術科教授として越後、高田分校に赴任。二年後新潟本校に移る。急激に慣れぬ仕事に向った変化と心労があり、さらには東京、新潟、富士見、時にフランスとを往反する日々が続き疲労も甚しく次第に作歌への意欲を失うに至った。自然にアララギへは休詠が続くことになった。休詠は五年六ヶ月。

休詠

一九八〇年十二月より
一九八六年五月まで

再出詠　一九八六年六月より

髑髏

何の縁《えにし》か我が描かむこの髑髏ドイツ人女性二十歳と伝ふ

二つある髑髏を比べ美しき方を描けと貸し給ひたり

期限切らず我に髑髏を貸し給ひき君が描かぬを我に描けと

米屋の二階

老人が雪の上にひとり倒るるをバスより見たり視界直ぐ暗し

いつまでと思ふ新潟の仮の宿米屋の二階に四歳経につつ

夕べ夕べひとりの食事終へる頃妻もひとりの食事終へむか

妻の次女章子の葬儀

無宗教の葬儀なれども心寄せしルルドの水は柩に入れぬ

離婚せし汝が母の新しき夫われに長森章子となりたしと言へり

点滴の機械ひきずり病院の廊下わたりゆきし日の章子よ

脱力感

エネルギー溢るる若き君なれど脱力感ある絵を描かむと言ふ
実際には脱力感を絵にするは難し過ぎると君と議論す
虚無感も絵にする時は造形の積極性が要るではないか
セザンヌ展見終りし妻が率直にむしろ拙しと言へば同意せり

頑強にセザンヌを神となす人々ゆるがぬ日本のひとつの勢力

描きかけの絵は十点を越したれど更に増えゆく描きかけの絵は

描くことも消すこともまた仕事にて今日は消すことに一日こだはる

ひげを剃る時を惜しみてアトリエに上りゆくとドラクロワの或る日の日記

まんじゆしやげ　㈠　　一九八七年

赤き針のごとく鋭きまんじゆしやげ描く快感は何にかまされる

赤と朱を用ゐて描く時は来ぬ待ち待ちしまんじゆしやげ赤き曲線

撓《しな》ひよき筆に朱色をふくませてまんじゆしやげ描かむ速度もちて描かむ

朱の上に赤を重ねる数時間まんじゆしやげ絵となり来る手応へ

厚く塗りし絵具は今日も乾かぬよ急がず待たむ他の絵を描きつつ

額縁のへり伝ひゆくゴキブリを見てをり君の銀座の個展に

ターナーの絵の罅《ひび》われてゐしところ電車の中に思ひ起せり

リラを描き薫る空気を描き得しエドワル・マネを我は讃ふる

シャンパンの細きグラスはマネが活けしゆたかなる薔薇の二輪を支ふ

仕上らぬ絵を眺めゐる学生を心に持ちてこの月終る

燃ゆる古着

シャンゼリゼ我と行き行きしこの背広燃やさむから松の枝を組みをり

から松の枝燃え古着燃えたてば火の勢ひにものを思はず

燃えつきし古着の灰を均《な》らしつつ思ふは更に燃すべき何々

布野の風

霧とざす三次《みよし》の宿に目覚めたりひろびろと窓は川霧の色

布野の風通る畳に座りたりここに尊き人の座りし　中村憲吉旧居

イの音より始まる受験生に猪《ゐの》　猪爪《ゐのつめ》あり越後より来しか

次の試験を待ちて廊下に立ちつくす受験生と我と距つ四十年

印《しるし》つけるのみの答案の記し方五科目となりて監督もわびし

牛乳を入れ過ぎし白きコーヒーを飲みをり窓は四月の雪の朝

潮満つる時

潮満つるごとく絵具を載せゆかむ潮満つる時待つは苦しも

会場の我の絵を遠くより眺めをり遠くより見むと思ひ来たれば

倦怠を覚ゆる時は怠らむ怠らむと思ひてまた画集開く

フランスより帰り来し我に亡き母は声がやさしくなりしと言へり

ブルゴーニュ再訪

見下ろしてゐるイヨンヌのゆるやかにゆるやかに流れ春はきざせる

筆洗にイヨンヌ川の水汲めり描かむ川岸の春のポプラを

並び立つポプラの影は水にあり描かむと影の乱るるを待つ

ナポレオン一世以来の古き設備誇りに水門の家に住む人々

乾く間を待つ一枚は草にありさらに描かむ水に映るる木々を

越後の虹

陽差ある日にも空暗き越後かな暗きその空に虹がかかれり

虹太く立てる根方の暗き森虹は光を増しつつあれど

雪の上の空気の湿り呼吸してひと月ふた月み月過ぎゆく

ヴェルダン古戦場

年齢は刻まず戦死の日を刻む第一次大戦フランス陸軍記念墓地

白き十字架の兵の墓一万五千それぞれに咲き匂ふ赤き薔薇

ドイツ軍進み来し涯を見さけゐる遥かなり余りにも遥かなり涯は

戦闘に用なくなりし薬莢《やくけふ》に兵の彫りたる花のまぼろし

驢馬に負はせ兵士のパンを運べりとぞ驢馬の列戦場に如何に進みし

はるかにも七十年は過ぎゆきてヴェルダン要塞天井よりの水滴

マルセイユ

デッサンの終るを待ちてカフェにゐし妻は食前酒飲み終りゐし

価《あたひ》ききて何せむものか旅のわれらマルセイユの市に鯛の値をきく

七月のながき夕映のマルセイユ薔薇色の水に灯も映りゐる

思ひ切り体打突けてやうやくに開く扉を覚えてゐたり

めぐり来る帽子

一九八八年

右せむかモローが待てり左せむかマネが待てり今日は右せむ

時かけて我は額縁も見つつゆくオルセー美術館幾ほども進まず

毒々しき現代の色に変りたり黄に青にパリ市役所前の噴水

めぐり来る帽子に我は硬貨入れる恵むにあらず音楽に感謝す

つづけざまにカフェに入りゆくカフェには楡の葉蔭あり運河の景色あり

イヨンヌの水源

赤の中にも良き赤の車借り得たり走りゆかむフランスは妻よ意のままに

三百粁運転せし妻の今日の眠り好きなフランスの旅も疲れるか

木蔭よしさらに見晴しはなほ嬉し憩はむ赤き車を駐《と》めて

イヨンヌ川の源は一粁先と言ふ求《と》めゆけばさらに一粁先と言ふ

イヨンヌ川の源と言ふはこのあたりか靴沈みゆく一帯の湿地

力あつめゆたかになりて流れゆくイヨンヌ川はわが住みし村へ

ワイングラス触れ合ふ音はしづかなる昼のラインの船の卓の上
用もたぬ旅の人々集ふカフェ日本人もやはりあまたゐる
紙吹雪《コンフエツテイ》

二百年経にし革命を祝ふ宵この峡に宿るわれらも祝はむ
紙吹雪《コンフエツテイ》誰に投掛けむほほゑみて投げ掛くる者を待つ少女あり
ヴァカンスをこの峡に過す人々も加はりて長き灯の列すすむ

革命記念日祝ひてつづく灯の列をしづかに離れホテルに戻る

ストラスブール

ドイツ語もフランス語も共にストラスブールの訛《なまり》となりて親しこの街

二杯目の大ジョッキのビール頼みたりうまき腸詰に辛子もそへよ

心に描く風景はある筈なれど丘の道遠し妻を伴ひて

歩み来て目指す風景の前にゐる感動は予想を超えぬこともある

進みゆく列車に沿へる運河のさま見てゐし婦人がマニキュアを始めぬ

魔術師の舌

観客の去りたるサーカスの広きテント今宵打上げの焼肉に寄る

日に幾度剣《つるぎ》呑みこむ芸人が口の中われに見せてくれたり

さきほどは口より火を噴きし魔術師が肉を食ひをり美しき舌

サーカスに働くフィリピンの少年の芸の確かさよ親しき笑顔よ

跳躍をしくじりし少年は息整へて受けを待つ父親に合図を送る

いづこより現るる鳩かつぎつぎに現れ消え去り現るる少女の手の上

雪舟

肖像は残れど我には遠き顔雪舟と言ふはいかなる人か

明国へ渡らねばならぬと決めたりしその時の雪舟を思ひゐたりき

真景図といへども企て及ばざる雪舟のみの虚構の山水

描かざる水も大気も雪舟が描きしひとつの岩をめぐれる

煙あり雲あり霧あり古《いにしへ》の遠近法に誘はれてゐる

瓢鮎図に向ひて共に座りたりし頑固なる中核派の君はわが学生

焚火する自由全くは我になし絵を描きかけて焚火する我に

　この絵消ゆるとも

モチーフになさむとホップの枯れ花に触るればもろく種子の散りぼふ

チューヴより出づる絵具に沿ふ光あぐがるる心失はざらむ

水栓の水　迸《ほとばし》り絵を洗ふこの絵消ゆるとも立ち直るべし

大胆に絵具を載せて空を描かむ空白は充実を待つと言ふものを

燃やしたる絵の幾つかが浮び来《く》るやがて燃やさねばならぬ絵もある

デッサンに数日かかりしマルセイユの絵をば捨てたり遂に捨てたり

休みては無意味に筆を洗ひをり筆を洗へども色は定まらず

新潟にゐる限りはまなすを描かむかさびし今年は一枚しか描けず

絵具にて現し得るやはまなすの赤の明るさ濃き鮮やかさ

ヴァカンスの島

さざなみのもたらしし光去りゆきて描き得るや深き水のしづまり

塗り残すところは偶然に残れどもこの絵のための妨げならず

ヴァカンスはキャンプのための中の島ドルドーニュの霧がその灯を包む

ヴァカンスかと問ひたる人はヴァカンスのための楽しみの絵と思ふらし

帰り来しホテルの庭は夏の夜の蠟の灯輝く卓のささめき

椅子

今少し高き椅子が欲し薔薇の花高き位置より描かむために

六十歳となりたる己れの絵を見詰む樫の木の固き椅子に坐りて

向ひ合ふ椅子二つのみ描きし絵に君は人間を現さむとせし　先輩藤井令太郎氏

朝《あした》より暑くなりたりこの鉄の椅子は温度をすでに伝ふる

描きゆくわが絵にわが眼慣れゆくを警戒せむと思ふときあり

モデルと学生

一九八九年

ポーズ終り着衣を取りにゆくモデル　ポーズしてゐし時より美し

例外なき憩ふ形の美しさ休憩時間のモデルに見たり

疲れ易きポーズも敢へてするモデル憩へば熱きコーヒーを淹れむ

背面より描く裸体の難《むづか》しさ難《かた》きを好み描く学生あり

人体の持つ雰囲気のさまざまに今日来しモデルのさみしさを描かむ

高きより至る光はやはらかしゆたけし二つの玉の乳房に

しなやかに裸婦は寝椅子に横たはる光線も曲線に沿ひてしなやかに

ポーズ変へモデルは足を踏み出せり体重はその足に移れり

駅に迎へ駅にモデルを送る学生新潟にして東京になき楽しさか

モデル連れて我の個展を巡りゆく学生の一群は華やぎてをり

午後七時アトリエに来し学生に徹夜いましめて我は帰りゆく

午前中の時を惜しめと言ふ我を信用せよ我は体験より言ふ

嘆き節

この絵のための時間がすべて無となりぬ口惜しこの絵に費やしし時間

重ねたる絵具は鈍しただ重し努力は才能と思ひゐしかど

パレットが筆が言ふことをきかぬ日か混ぜたる色を眺めゐるのみ

もう一息描けばこの薔薇の絵は終るその一息が今は難《かた》かり

さはやかに描き進めゐしかの時に何故われは筆を措かざりし

アネモネ

はなびらのほぐれ開きゆくその速度息整へてアネモネを描く

明日も描かむアネモネを寒き場所に置く寒さを好むこの花のため

解決のつかぬこの絵の構図のことどうするかどうするか未解決のまま

今描きし線を無意識に消しゐたり打消す力も湧きいづる力

描きゆきてまた色調が変りたり消え去りし色は返り来ぬ色

意志を現す強き線引けと学生に言ひつつ己れをはげましゐたり

青き夕暮黒き夕闇に移るまで白き山百合に光はありき

医師の診断

感情を混へぬ医師の診断を我も感情を混へず聴かむ

生きる目的強まりゆくを自覚する頃としなりて病ひも現る

一杯のみのビールたのしむこの我に君よ注《つ》ぐなかれ君も注ぐなかれ

妻の作りし花束を素直に描きをり描く角度は我が選びて

レストラン「荒地《ガリツク》」の昼餉終りたる後別れたり永遠《とは》に別れし

回想のパリ大学都市病院入院

一九六三年一月、フランス　アルプス　オーロンスキー場にて骨折
同年二月～五月同病院に入院
十五首

レコード一枚のみを携へ入院せし同室の黒人は陽気なるノイローゼ患者

「アフリカはこのフランスより十倍も大きいよ」と隣のベッドより繰り返す黒人イカップ

トランジスターラジオをもつと鳴らせと言ふ時に執拗なり黒人患者の友ら

語彙少きアフリカ黒人国の言語のこと巧みなるフランス語に君は語りくれぬ

肌の色互みに見つつ浴びしシャワー黒人患者ラファエルと二人室の朝々

静かに静かにラファエルは妻を待ちゐたり妻は来れり白人の妻が

手鏡の中の己が顔ながくながく眺めゐし黒人の友のラファエル

この手鏡使ひて想ひ起せよと渡してラファエルは退院してゆく

黒人の友のラファエルがくれし鏡二十五年わが顔をうつせる

入院が永びけば友が持ちくれし画布を用ゐて絵を描き始む

病室の真下に見ゆる建物を死体置場と知らず描きゐし

死体置場の向うに見ゆるエッフェル塔病室の窓に我は描きたり

この絵よしと褒めしが決して驕るなとユダヤ人患者の君はたしなむ

死体置場の屋根に柳の春の葉のやはらかく垂るる頃に退院す

変転つねなき黒人の国の政治の中友のラファエルいかにか生きゆく

黄金のから松

アトリエの中に輝きは満ち満てり窓に黄に冴ゆるから松あれば

から松の落葉は絶え間なく風に舞ふ人なき山荘のつづく道の上

見ゆる限りの空へ吹かれゆくから松の黄金の落葉照り映えにつつ

五月の雪

サングラス忘れし我に穏やかに五月の今日の雪は反射す

黄の薔薇に囲まれて点るランプあり黄のはなびらと共に輝く

撓ひよき筆

今日捨てし絵具を拭きし布の数重なりゆけど絵は進まざり

アトリエに増えゆくのみの絵の数よいづこに置かむ新しき絵は

積み重ねし絵の中になほ終らざる絵のそれぞれを忘れては居らぬ

シベリアに少くなると言ふ獣《けもの》この筆の毛に触れつつ思ふ

撓《しな》ひよきこの筆ありて描きゆく快き曲線はこの絵救はむ

道具愛し手の如くせよと言ふ教へ日本にありフランスにもあり

網棚に忘れて来た絵

網棚に置きし時すでに忘れたりと思ふ他なし絵を忘れたり
網棚に忘れて来たる絵を思ふ海の如き東京にひとひらのわが絵

サンチアゴの花火

サンチアゴの祭の終りの大花火この夕べ着きしわれらも待たむ
今日照りし太陽の熱の残りゐる石畳に坐り花火待ちをり
昇りゆく花火色となり音となり開き散りゆくカテドラルの空に

すべてを売り何にも買はぬ日本人と呼びとめられてレコードを買ふ

はやばやと予約の札が置かれをり眺めよき川沿ひの食卓の上

楽しみて待ちゐし晩餐は終りゆき残る楽しみはこの地方のチーズ

時代おくれのベッド

一九九〇年

丘の上の森の入口のレストラン庭には馬が放たれてゐる

燃え上がる煖炉の中の火は楽し焼けてゐるのは妻の注文の肉

煖炉あり肉を焼きたりその炎皿もあたたむすべて暖か

時代おくれの高きベッドによぢのぼる宿代百十フランなればたのしく

この宿の部屋も正しき矩形ならず直角のなきはフランス人のあたたかさ

絵と学生と

描く前に必ず不安になる学生「私《わたし》も同じだ」と我は励ます

トランペット休憩時間に吹くモデル今日のアトリエはいきいきとして

コーヒーを挽きて淹るれば新鮮なりモデルを囲む学生の会話

思はざる時に涙ぐむ学生よ絵につきて言ふは叱責ならず

絵の中の空気の量を増やせと言ふわが感覚を君よ理解せよ

消えゆきし雲の輝きを描かむとすわが真実は記憶がすべて

美術史の流れのごとくわがうちに流れ入りたるセザンヌの林檎

アンリ・ルッソー見しより心和らぎしと悩みゐし学生が今日は告げたり

「考へを今ひと度は冷やせ」と言ふかりそめならず君の百五十号は

「百五十号の大きさのみに捉はるるな」と言へどもたしかに面積は大きい

学生と話を合はせてゐる妻よ楽しからずやアトリエに来て

「絵の急所刺激するために我あり」と言へば学生一度に笑ふ

学生に問はるるままに語りつぐ美化せぬ美化か青春のことは

力だけの絵しか出来ぬと嘆きゐる学生よ我も全く同じだ

シャプランミディ先生はつねに我に近し空を遥かにかく隔つとも
朱《あけ》の色

パレットに輝きてゐる朱《あけ》の色恐れて一日用ゐ得ざりき

アトリエに戻り来し我は十五分位は新しき眼になりてゐし

棚の上の二つの髑髏に触れぬまま研究室のわが幾日過ぐ

物として我は髑髏を描きをり嘗ての命いまは思はず

薪の上に積れる雪を払ひをり今宵は煖炉に桑を燃やさむ

ダンス好みし若かりし日のベートーヴェン喜び踊りしその姿思ふ

天窓の雪

サングラスの埃を拭ひ用ゐむか渋谷の雪といへどもまぶし

天窓にめぐり来れる光あり空のめぐみにわが絵輝く

天窓につもりし雪も融けゆきてつねに戻りしアトリエの苦しみ

羽根ぶとんの中のやはらかき羽根動き快き眠り至りつつあり

目覚めたる眼の上に燃ゆるごとき日が差せども寒しばし床《とこ》の上

水道管の鳴るごとくたつる音親しフランスの器具にはフランスの音

浴剤の青き湯の色の青し青し好まぬ色の中にあたたまる

わがもとに学ばむと志す学生幾人か拒ばねばならぬ春となりたり

専攻希望通りに進みたき学生ら籤ひくと決めてためらふあはれ

個展案内状

次ぎて来る個展案内の友の絵の長所欠点ひと目に見ゆる

友の絵を見るなり直ちに欠点の見え来る我はいかにか黙さむ

才能あれば苦しむと言へ　わがめぐり友らのすべて苦しみてゐる

才能の輝くにいまだ間のありと思ひなぐさむる歳にはあらず

雲の上に雲

峠越えし草に座りて仰ぎ見るこの白雲はオーヴェルニュの雲

ふくらみてゆたかになれる白き雲広野の上の量塊となる

幾層の雲と雲との間より藍かがよひてゐしがかくらふ

速乾剤用ゐし絵具乾きたり雲の上に雲新たに描かむ

動きゆく雲を描きつつ動く筆筆の動きに雲は生れたり

けやき若葉しなやかに伸びて震へをりしばし休息が欲しと思へり

朝の空気

今朝《けさ》道を横切りゆきし動物の尾の形夜になりても思ふ

針の葉のいまだやはらかき萌えの蔭こころの棘を抜きて我をり

朝の空気冷えたるままに流れ流れゆきゆく若萌のからまつの森

煖炉の火守りつつ暮すたのしさよ五月過ぎゆく今もたのしむ

何ほどの成分があるか知らねども山の水道に通じ快し

好奇心あつめし君のログハウス今日来て坐る木の香の中に

今福山荘

わが山荘より数歩離れし君の山荘来り見る窓の風景の違ひ

君の山荘の大窓の中にをさまりてわが山荘の全体が見ゆる

山荘に一人の時を惜しむきみ山には山の哲学がある

更紗の紅《くれなゐ》

貝の血の色の更紗を絵にせむとわがパレットに溢るる紅

筆にふくむ紅は我の選びたる我のみの色と妻はわかりゐる

筆を下ろしし一瞬のこの発色の楽しみは神と我とのみ知る

これしかない構図と思ひ定めしがつまらなくなりぬ故由はなし

いついつとわが褒めし時褒めし絵を覚えゐる学生よ早く忘れよ

色を選ぶ筆の動きにためらひの少き今朝の時を惜しまむ

感覚の濁りを捨つるごとくにも幾度も捨つ筆洗の水

「絵は一度わからなくなつてからだよ」中川一政われに語りき

色彩感覚訪れ来たるリズムあり今日の訪れは一日の暮れがた

もの足りぬ絵

なほ足りぬ思考の質かその量か構図定むるは明日まで待たむ

もの足りぬと言はれしよりの数時間もの足りぬ絵をただ削りゐし

刻みこむごとくに描けと言はれたり刻むに値ふわが意志持たな

客観に近づけ近づけわが主観言ふが仕事とみづからに言ふ

目的のなき絵目的のある絵あり描きつつ目的の生るる絵を描かむ

赤と黒の絵を描き来し二週間己れ強めむ強めむとして

赤き薔薇描くに疲れし後にして緑のポプラやはらかく描く

絵具より光の出づる思ひするこの絵灯ともす如く描きたし

まんじゆしやげ　㈡

一九九一年

まんじゆしやげの最初の花が開きたりこの後の花潮の如し

つらなりて針のごとくに輝けり灯ともせば庭は緋のひがんばな

まんじゆしやげの赤き鋭き花の力保つは二日描き得るや否や

まんじゆしやげの花の過ぎたるあとの庭花火のあとの思ひに似たり

よろよろと咲くわが庭の秋の薔薇あまりにも我の描く薔薇と違ふ

用ゐ用ゐて刃先鋭くなりて来しこのパレットナイフ好みて用ふ

古《いにしへ》すでに

絵を描く時絵を描かぬ時思ひゐる絵のことは一生つづく苦しみ
ひとの絵を選ぶ能力は我にありわが描くより楽しき能力
しみじみと絵を始めたる頃思ふ絵を絵にせむと気負ひゐたりし
ひと刷毛にして色合の変ること古《いにしへ》すでに画家は知りゐし
色だけは我にゆるがぬ好みあり絵をつづけ来し支へとなりぬ

静物としてここに置くこの薔薇に新しき存在感生るる一瞬

存在を疑ふ勿れ夜の林檎灯ともせば直ぐに輝くものを

使ひ慣れしパレットナイフがいま折れしさだめはいかに知る由もなし

紅葉

峡谷の片側につづく紅葉は日を受けずいまだ暗き輝き

頂きに日を受けそめし紅葉《もみぢ》の木一山輝くはなほし待つべし

夕光を負ひて水辺の丘に立つ稚き一木紅葉し始む

シルエットとなりしこの島の松の形明らかに古き日本の形

際だちて見え来し湖の水平線鋭き光いかに描かむ

水平線強調せむと描きゐる現実の湖は光弱まる

毘沙門沼を描かむと来し我はまづ筆洗の水を沼より掬ふ

手順狂ひ着けたる色の好もしくそれよりの絵の展開早し

パレットに今日作り得しローズ色今日の薔薇の絵を今日の絵とする

開きゆく花びらの動きしなやかに描き得し後の稀のやすらぎ

アトリエの窓より見えて親しみし遠きゲレンデも灯ともさずなる

焚火好む我よりもさらに焚火好む君なり枯枝をまた集めゐる

わが生れし五月四日の朝の霜から松の若葉輝く下に

わが挿絵

我の挿絵は結局は自由なものですよ文明先生お許し給へ

十六分の一に縮《つづ》まりしわが挿絵原画より効果悪しからず見ゆ

個展さまざま

個展近づく時の速さよ近づけば時は二倍の早さに過ぎゆく

絵を見つつめぐりゆく人の眼の順序考へて個展の陳列をする

助け合ふ絵と絵を並べ 楽章を組み立つるごと絵を並べゆく

観る人とともに眺むるわが個展人去り人来たる人のまにまに

我の絵を計るごとくに見てをりし人去りし後にゆきてその絵見る

この前の個展の方が良かつたと言ふ友よ最も残酷と知りて言ふのか

個展終りビールの泡にくちづけぬ妻よ三十一回目の個展は終つたよ

運動感《ムーヴマン》

暮れなづむ空に残れるなつかしき色は噴水の背景にして

噴水の水がいただきに登りゆく勢ひのままの絵を描きたし

赤のみを用ゐて赤き絵となりし薔薇の絵赤し赤の変化に

静止して置かれし物の運動《ムーヴマン》感置かれし時に始まるものを

意味を持つ光ならずや雲間より鋭き斜線のままに差す光

細き細き冬木の枝を描きすすむ細か過ぎる絵を今は恐れず

アトリエの中に飛びゐる蜂のこと気づきてしばし筆を休めぬ

色彩の誘《いざな》ひは今日は限りなし隣り合ふ色の呼び合ふごとく

断続し動く思考に伴ひて揺れつつ移る今日の色調

シャプランミディ先生　㈡

思ひ暗く傾く時は静かなる壁の写真のシャプランミディ先生を見つむ

画家として夜を好むと言はれたるシャプランミディ先生の夜を思ひゐる

夜の深さ絵となし得たる先生の力量を思ふ今宵しきりに

夜景

朝となく昼となく夜景描きつづく満ち来る夜の感覚を保ちて

夜熟す絵のイメージの深まりの消え去らぬ永きあかときありぬ

夜半に来しアトリエの中に月は射し青きわが絵を青く照らせり

つづけざまにあざやけき色顕ち来たる閉ぢたる我の夜の眼裏《まなうら》に

画廊の照明

絵に当る照明熱し近づけば額《がく》のガラスも暖まりゐる

我の絵も時にいたいたしこの画廊の強き照明に曝《さ》らされつづけて

一週間の個展終れば照明の強さより離れ絵もやすらはむ

絵を照らす光の量の堆積がやがて褪色を招くかなしさ

直射光避けて絵を掛け下されよ願ひて我は絵を送り出す

暖気赤し寒気青しと感じつつ絵を寒暖の秤にかける

オルゴール

一九九二年

森の中に入りゆけば冷気生れてをり木々の肌より木々の息より

山荘のいくつ人なき前を過ぐ人々の夏のささめきは過ぎぬ

オルゴールくり返し聴くしづかさよ九月終りの山荘の食卓

山荘を去る日問はぬに語り出づる短き会話道の上にて

東京の毒をまともに受け止める術《すべ》を忘れぬために戻りゆく

臨死体験

臨死体験なき我にして死の前のさまざまの形恐れて思ふ

空洞の中を飛ぶ如く行くと言ふ天井より己が死を見ると言ふ

感覚の震へ

色を塗る前の感覚の震へつつ震へのままに筆を下ろせり

大胆に見ゆる筆触も感覚の怖れの果てと見る人は見よ

苦渋あり苦渋は色彩となる時に暗さとなりて絵を助けをり

拒絶反応即ち選択能力か失へば得る色も形も

忽ちに思考移れど始めたる絵に翼なし嘆くに当らず

この我に稀々に神が贈り来し色調ありと人には言はず

喜びを呼ぶ絵を我は描きたし今日喜びを呼ぶ自信あり

絵に向ひ絵の言葉われは解きゐたり画家の言葉は絵の中にあり

技術的に技術的にと進みゆく絵の流れ我の方向に非ず

求めつつ遂に得ざりしものは何生れし時すでに欠けゐしは何

日常の積み重なりが奇蹟となることもあり得るとつぶやきてをり

翼持ちて空ゆく人を描き得し古《いにしへ》よりの絵の写実力

感覚の自由を我は楽しまむ感覚に思想の強制はなし

みほとけの古式の笑みを眺めをりこの寺も光線の演出のあり

性善説にも性悪説にも与《く》みし得ぬこの我なりと思ふ他なし

見えざりしもの

見えざりしものが見え来るこの今に描くべしその見えざりしものを

パレットに固まりし絵具嘆くひま新しき霊感を我は待ちゐる

筆勢の鋭さやさしさのびやかさのびやかさこそわが願ひ来し

秋篠の伎芸天の札守れかしわが絵ゆるがぬ絵となる日まで

アトリヱに呼吸しつつゐる時苦し辛うじて己れを画布に定着す

愛するは愛することの過程にてある日のびのびと冬木描きゐつ

芸術は会議によりて決まらずと思へどもいま多数決あり

朝明けて時経つつなほ暗き霧紅茶あたたむる蠟の火点す

ゆるやかにシャンパンの栓を抜きゐたり立ちのぼる勢ひは掌中にあり

絵具の海

存在の実感を託すこの絵具油絵具に若《し》くものはなし

絵具もて切迫感を現すも可能と今は思ひ始めぬ

時かけて呼吸整へ墨を磨るごとく絵具を溶き始めたり

絵具の海泳ぐがごとく描かむかな絵具と肌の触れ合ふごとくに

凝視の時経につつこの絵成りたればなほし凝視より解き放たれず

絵具ゆたかに赤きはなびら描く時絵具は思ひ遂ぐるが如し

噴水を描きて心足らひたり上昇は落下を待つ快さ

銀婚の日

能力の異る妻をたたへむに遅過ぎず今日銀婚となる

わが心向はぬ方へのびのびと向へる妻の心の行方

かぎりなきもの

胸中をめぐりゐしものが現れて流るる如く線となりたり

のびのびと運べる筆の楽しみに今日あり明日ありと言ふに程遠し

返り来ぬ初心の日ありこの初心保たむとせしわが四十五年

今日選ぶ少き色の豊かさよかぎりなきものに近づかむとす

天窓より入る日にまぶしき白き紙光を放つ己が光を

隠れ切支丹

ひとつ岬の上の高層のホテルの部屋高く海広し天草にあり

跳ねる鯉二つ十字に組みし絵皿隠れ切支丹拝みゐたりし

キリストの鼻梁の摩れし鈍き光踏み絵の上を過ぎし人々

十字の旗立てて戦ひし人々の中に名もなき画家のありしか

旅の朝餉の後のホテルに見る水槽甲ふかさごの鰭透きとほる

地中海の青

生れしより我が持つ色感に調和する南フランスの色を喜ぶ

マルセイユ近郊ラ・シオタの友人の別荘を借りる

常識を超ゆる色彩の見ゆる今その色塗らむ勇気を持たむ

午後の海の青さ極まるに驚きぬ青さの変化にも驚いてゐる

赤き赤き花々家々に咲き満てり生活の中に赤を持つ人々

性格の違ひ今更まざまざと現れて妻とフランスを行く

糸杉のいただきに早き日の及ぶしづかに海の青兆す頃

糸杉に糸杉の実のあまたあり近づきて見る糸杉のいとなみ

松笠と松葉に炭を起したり焼かむ魚はフランスの鯛

鮭色の鱒の焼くる間の永き夕日庭のパラソルの角度を直す

画家のゐるところを避けて旅せむにいづこにゆきてもああ画家はゐる

坂多く夾竹桃多きシオタの街青き地中海花の上に見ゆ

海の色いかに移りてゆくのかと日に幾度もテラスに望む

かささぎの松に隠るるまでを見る移りゆく栗鼠も松より松へ

糸杉に托せるゴッホの願ひ何表現は現実の糸杉を超ゆ

フランスに来ればフランスの色に描く計らふ勿れ色彩のことは

乱れ飛ぶ燕を見つつ待つ朝食いまだホテルにパンが届かず

二千粁フランスを行きしレンタカーこの度も別る地下駐車場の奥に

セナンク修道院　　　　一九九三年

禁欲の信仰は色彩を恐れたり僧らの仰ぎし無色の玻璃窓

石の床《ゆか》にうすき砂敷きて夜々寝ねし僧らに夢なしとまでは思はず

祈りの他無言と定めしその掟少年僧も守りゐたりし

日曜に会話許されし宗派あり無言に慣れし会話はいかに

午前二時の祈りの時に起き出でし僧らのその後の時を思へり

色持たぬ僧院を出でてラヴェンダーの野にあり我は色彩を愛す

純潔の白

命あり宿る命は筆にあり命の宿る筆にて描かむ

体温のある絵描きたし体温は愛情によりて筆に伝はる

美しと我の見てゐる紙の白純潔にして絵を待つものを

調律のごとくに感度を整へむ色の感度も線の感度も

呼び起し応ふるもののあるを待つ我の内側のモチーフとの対話

パレットの上の絵具の輝きを生かしまた殺す描かむ絵のため

すべての思ひすべての力かけて描く力《りき》まぬがよしと我は思へど

洗ひ忘れし筆洗ひをり使ひよきこの筆保たむなほ十年は

ルーブルの恩　パリの恩

手にとりてレオナルドのデッサンを見し日ありかりそめならずルーヴルの恩

羊皮紙のこの時を経し肌触りレオナルドの左手のデッサンのあと

パリの恩われは思へりわが心パリの七年の日々に自立せり

悼　中川一政先生

縄を帯にしてをられたよと若き一政の傍《かたはら》にありし人は語れり

プルシャンブルー好み用ゐし中川一政強き色強き性格のままに

一政とパリに拳闘を見し日あり力相搏つを好みましき君は

腹の虫がデフォルメするんだと描きゆく一政は腹の虫のかたまり

梅原も自殺思ひし日のありと一政先生慰め給ひき

どう言ふわけか坊主が好きだと言ふ一政一休を描きましき真に見しごと

真似すべき真似出来る絵に非ずとはつねに思ひゐき一政先生の絵

コンクリート打つごとき烈しく重き絵を描く柔軟さ一政に見し

君のメモの小さき正しき文字も見き溢れ出づる大き字は個展にて見き

絶望　希望　絶望

言葉と言葉の間の何か色と色の間の何か見極めむ我は

パレットに作りし色の美しさそのままは画布に今日も移らず

おとなしくまとまりし絵が出来上るそこを超えられぬ何があつたのか

ひとところ青の色調を深くするのみにこの絵の全体が変る

絶望あり希望ありまた絶望ありただ一点のこの絵に繰り返す

冷えて来し空気喜ぶ闘志あり歩幅を伸ばし坂降りゆく

異教徒の祈り

幻に浮ぶは古く黒きノートルダム異教徒われの祈りも容れし

光躍るセーヌも青く凍りたるセーヌもわれに意味を与へし

立ち並ぶセーヌの橋に個性あり個性の統一もパリにありたり

裸婦の絵にサインを入れる我を見て練習にサインは要らぬと友言ふ

志得しあり得ざりし友もありパリ美術学校《ボーザール》シャプランミディ教室

照らし合ふ赤

体ごとしぼり出すごとく色を塗るわが色は出づわが体より

眼に見ゆる赤あり我の奥底に見えぬ赤あり相照し合ふ

仕上りし絵がどのやうに見ゆるかの不安は描きし者のみが知る

体感のうちに潜みて我にあり十三年フランスに生きし感覚

石の冷たさ石のあたたかさ思ひ出づるパリの七年よ石の中にゐし

光見つめてゐる時の我も闇の中に眼《まなこ》開けゐる我もこの我

知的訓練経ぬ画家は憂しと言はれたるシャプランミディ先生の重きその言葉

何もかも見ゆる絵よりも見ゆるもの見えざるもののある絵好もし

パレットを拭ひ終へ何かうれしき日今日がつづくとゆめ思はねど

もつと明るくもつと暗くもつと明るく絵を描く我の後ろよりの声

黄に赤に青に苦しむ苦しみはアトリエの外に出してはならぬ

色の不思議一生不思議のままならむ不思議のままに描く楽しみ

鹿の足跡

姥百合も二人静もひそやかに鹿の足跡のかたはらにあり

群の中に仔鹿もゐしか森の泉の水場の泥に足跡がある

鹿の足跡いまだ新しと君は言ふ今日ゆく森は発見に満つ

山荘の生活になほ色彩を取り入れむ今年の庭の花の計画

同じ花を沢山と言ふ妻のため又も買ふ紫のグラジオラスの球根

眉の色やや濃くなる日あると言ふ春闌けし朝の妻のつぶやき

ゴルドの朝市

城壁を背に天幕の色並ぶ霧のゴルドの朝市にあり

霧ふかく市《いち》の色彩は息づけりペルシャ模様の絨毯の朱も

ペルシャ絨毯繕ひてゐる男あり客待つ時間に慣れてゐるらし

ところ構はず置かれし市の古き品々いつ売れるのかこはれし鳥籠

過ぎてゆく旅のわれらもこの市に並ぶ鏡に姿映せり

一九九四年

単純労働

結果出づる単純労働を喜べり絵にも幾分かその要素あり

描きかけの絵を見つめつつ過ぐる日々今日その上に描く勇気欲し

絵具の海泳ぎ溺れてゐる我がさらに求むるその色は何

白黒の写真に心和ぐ時もありとし言はむ絵具まみれの我は

悲しみをともに極めしパリの部屋ともにほほゑむ写真の二人

絵筆置くしほ待つごとくゐし時に食事の鐘を妻が鳴らせり

サーファーと気球と

砂が保つ十一月の暖かさサーファーを描くと坐りてをれば

海の上に浮ぶ気球を描きつつ胸はふくらむ初めてのモチーフに

夕映の中空に浮ぶ気球あり気球の下にも海の夕映

赤と黒

生れしままの我に備はる絵の素質ありと信じて今日となりたり

限りある画面の中に限りなき空を描きつつつゆ疑はず

夕景を描く日々つづき感覚は薄暮のままにこの昼もをり

わが絵なれど描きかけの絵の圧力は我を押しつぶすまでに高まる

何故に赤と黒とは調和する赤は赤のみの時より美し

美しき赤を求めむ眼の前の赤にはあらぬ絵の奥の赤を

この色を拭きとるかさらに重ねるか時間は絵具と共に過ぎゆく

清々と絵の中の空渡る風描かむ青き絵具練りをり

描《か》きやめむさらに描《ゑが》かむ描《か》きやめむわがうちにあり絵の決断は

赤き火をつつむ青き火の燃ゆるごと思ひを遂げむ絵をば描きたし

障害をいま越ゆる馬描かむとし幾日経にけむ描かざるべからず

岐れ道の十字架

村人も旅人も日々安かれといつよりか立つ岐れ道の十字架

岐れ道に立つ十字架の親しさよ馬に行きし人馬上に祈りし

広野来て道の十字架の辺に憩ふ手触れてやさし鉄の草模様

落日の時に見たりし野のキリスト落日の上に我は描きぬ

触覚的存在感

わが観察深めむと己れに集中す観察が表現に結びつくまで

チューブ押せば等しく出づる赤も黄も等しからざり日々の心に

在るものにさらに与ふる存在感画家の仕事は触覚的にして

単純化せむとさまざまに試みしこの絵単純にならぬと知りたり

描くところ描かざるところの大切さ描き終らねばわからぬ時あり

幼児イエスの表情

さくら過ぎし日本よりパリに来りたり首が寒しと襟巻を買ふ

ルーヴルの高き廻廊をゆき返る新しき感動は古き絵にあり

古き代の絵の明るさに心和ぐ殺戮の場面多しといへども

幼児《をさなご》イエスにすでに苦悶の表情を与へし画家の心を思ふ

フランスに着きし刺激は快し我のめぐりはフランス語の渦

フランス語によりてのみ伝はる感じありと思ひつつ友と受け答へする

シャプランミディ先生遺作

逝きし師の子なればよく似るフランソワその長き手にわが手を握る

四度目の妻を迎へしフランソワの我こそは四度目の妻と言ふミレイユ

見えてゐる沼ひとつ君のものと言ふ見はるかす遥か涯までと言ふ

広々と沼の光の及ぶアトリエ先生の遺作のいづれより見む

先生の晩年の絵のひとつにて蘇生の人が青々と立つ

「わが沼の涯まで渡れ」とフランソワ言へどもボートが少し古過ぎる
金の若葉銀の若葉と感じたる色の記憶はいかにとどめむ

太き筆

影の中のレモンの暗き黄の色が心を惹けり今日の心を
強弱は自《おのづか》らにして線を引く写生は精神の抑揚のまま
いま塗りし色は真珠の如き白我に初めての色を得しよろこび

ひろびろと未だ描かれぬ空間の我に迫るはつねに恐ろし
太き筆選べば太き筆のまま紙ににじみてゆく色たのもし
色と色合はせて新しき色を追ふ感覚に思想の強制はなし
人体の丸みの中の直線を見よと言はれし日を思ひをり
呼吸するモデルの胸に伝はれる動きほのかに描き進めゆく
ポーズするモデルも学生も無言の時われも沈黙を守りてゐたり

描きゆきてまた色調が変りゆく消え去りし色を惜しむひまなし

のびやかに長き曲線を引き終へぬこの草の姿いまとらへたり

好ましきはなびらの形変りゆくこのデッサンは急がねばならぬ

客観の眼

モチーフを並べて我は見つめゐる熟視は静止をゆるがすものを

静止して見えゐるものの充実感溢れ出づる時描き始めむ

客観の眼を持つ妻に絵を見せて正直のところを我はききたし

わが絵見る妻の反応を読みとりぬ未だし未だしこの絵終らず

ただ青と言へば青なれどその青に今日のこの絵の内容がある

抑制はほどほどにせむ描きすすむ抑揚に今日はリズム感あり

縦横に絵筆動かす楽しみの過ぎゆきて否定肯定の境

やさし美し楽しとわが絵褒め下さる強しと誰か言ひ下されよ

三十年前のパレットが見つかりぬ変らぬ我に会ふ思ひあり

人の中の孤独とひとりの時の孤独結ぶ孤独の中に生きをり

一九九五年

パラグライダー

漂ひてアトリエの上に浮びたるグライダー親しその朱《あけ》の色

昇りゆく雲ありさらにその上にのぼりゆくごときグライダーあり

グライダーの傘の影森の上にあり次の瞬間は次の森の上

空中をグライダーにてゆく人の思ひの形想像してゐる
眼の下の村落に今し降りゆきしグライダーのことが気になりてゐる

同窓会

見えてゐる誰の隣に坐らうか一瞬迷ひ同窓会に入る

部分と全体

思はざる色がわが絵に現れぬ我のいづこより出で来し色か

描きかけの絵をしばらくは見ずに置く見ぬ間に熟すものを願ひて

仮にいまここにあるものの偶然を描きとどめむ必然のごと

全体より部分に移り全体に再び戻り得るならばよし

感覚の偏《かたよ》りは今は直さずに常識を超えむ偏りのまま

何かひとつ足りぬと思ひ描きゐしこの絵新しき青に蘇る

既成概念超えられぬ友の絵を見たりわが絵のごとく我は見てゐし

真紅の葉夕日に透きて輝けばわがパレットの能力を超ゆ

妻の視線 (一)

天空に現れし青を見てゐたり純粋の青を我は喜ぶ

マイナスに加ふるマイナスがプラスへと転ずる時の期待を持たむ

隣室の妻の視線をアトリエに感じる日あり見えぬ視線を

君が絵を燃やしし動機肯はむ否定は時に暴力なれば

燃やし尽くさむ予定狂ひて残りし絵あつめて君は個展すと言ふ

褒め言葉なりしと我のなつかしむ君の批評は「悲劇的な風景画ですね」

坂多き街のいくつかの坂を描く心に触るる影多き坂

出来上ることを前提とせぬ仕事すすめて出来しこの絵すこやか

筆触の途切れ途切れの暖かさ我はボナールに親しみて来し

踏まれ踏まれて黄の粉末となりし落葉いちやうの落葉われも踏みゆく

煖炉

薪割を楽しむ我を見てゐたる人に気づけどつづけてゐたり

白樺の薪はしばらく畜へむ今日は選びて桑を焚きをり

傍らに火を眺めゐし亡き章子燃えゐし煖炉燃えゐる煖炉

燃えてゐる煖炉の中に見ゆるもの過ぎてさまざまに燃えつきしもの

日々捨つる煖炉の灰に育ちたる昇り藤あり栄え栄えて

遠くよりわが煙突に煙見ゆその下の煖炉妻が焚くらむ

風に鳴る煖炉の煙突の立つる音二人の会話それより始まる

恋文を焼き捨つるほどの経験は我にはなかりし妻にはいかに

頭髪の流動

ポーズする度毎に変る美しさこの頭髪の流動のさま

マグダラのマリアの髪のゆたかなる絵を恐れつつ我は見たりし

風になびく髪を見てをり髪の毛は人体にありて自由なるもの

絵を見ればすぐさま我は反応す否み肯ふ体感のままに

アトリエに薔薇色の裸婦立ちゐたり窓は吹雪に暗くなりたり

ポーズごとの休憩時間にともに語りしモデルも学生もいまは散り散り

短刀の刃先

アトリエに在るものすべての存在の沈黙の声満つるしづかさ

消えてゆく形見えて来る形あり形の奥に存在がある

パレットに並ぶ絵具のそれぞれに声あるごとし今朝は赤の声

枯木立描く時われは潑溂と出で入る息のままに線ひく

短刀の刃先鋭く描きをり何ものに向けて我はかく描く

呼吸し得る空気の量が絵の中にいまだ足りぬと苦しみてをり

時間かけて努力して絵を悪くする悲しと言はむわがことにして

己れはげます積極性を保たむに積極性は体力を要す

先生の絵とは思へぬほどいいと親しき画商が言ひ放ちたり

絵の翼

射し入りし光が影を作りたり影の生まるるその時を描かむ

対立のなき曇り日のやはらかき光に添へる影はおだやか

見過して我はをりたり影の中の明るさをこそ見るべきものを

沈潜は飛躍のためと人言へど高き空ありや沈みたる者に

本当の我とは今の我なのか答なき答我に問ひゐる

空想は発展し絵は翼持つただ眼の前の絵に翼なし

紫にかたよりてゆく色感をいまはこの絵に徹底すべし

蛾

ふさふさと金色の長き毛の毛虫わが視界より匍ひて去りゆく

ガラス戸に集まりし蛾のほとんどが動かずにゐる夜のしづかさ

夜々の蛾の消え去りし朝の戸を開く夜々の思ひを断ち切るごとく

雉子

わが庭の奥の叢《くさむら》動かして見覚えのある雉子現れぬ

庭土のまるく窪みてゐしところ幾度か雉子が座りたるらし

警戒を解かざる雉子の雄のめぐりのびのびと雌は啄《ついば》みてをり

深緑の胸毛青々と輝かす雉子を見し日の朝は晴れやか

首あげて歩む形ののびやかさこの雉子の命すこやかにあれよ

わが庭に現るる雉子を待つ心一日持ちつつ一日過ぎゆく

このしげき雨の叢の奥にゐる雉子の番ひのことが気になる

妻の視線　㈡

描く前にその触覚を確めむ冷たきナイフの刃に触れゐたり

黄のレモン青みをもちて静かなりあたたかき向日葵《ひまはり》の黄の下に置けば

見る努力考へる努力描く努力積み上げし努力見せてはならぬ

絵を壊す時は全力で絵を壊す自信をもちてすべてを壊す

描かれし花はいつまでも散らぬこと画家は恐れて思ひみるべし

我の絵を見てゐる妻の眼の動きいつよりか画家の眼の如くなりぬ

ひとところ掌《てのひら》に蔽ひわが絵見る妻の眼を我は今は恐れる

回想パリ美術学校《ボーザール》　五首

寒色のもたらすもの

「寒色が足りぬ故君の絵の中に現実感が足りぬ」とジローズは言ふ

もつと寒くもつと寒くと我の絵に寒色を増やせと今日も皆が言ふ

寒色は青のみならずこの赤は寒き赤なりと師は示されぬ

寒色を用ゐ始めし我の絵はそれまでよりも強くなりたり

寒暖の色調の中に迷へども澄む寒色に心晴れゆく

絵の中の時間

一九九六年

たつぷりと絵具を重ね描きゆかむダリアの花はふくらみて見ゆ
わが絵見る人の後ろより見るわが絵幾らかは客観の世界に入りて
ゆるやかに流るる時間を絵の中に見たしと思ふわが絵の中に
アトリエに光乏しくなりし時わが絵に光見ゆる時の間
銀座より日本橋まで絵を見つつ歩みし今日も絵に渇きゐつ

限界

青き絵具塗りて青き空描くとも至るに難し本当の空
人の絵の欠点のすぐ見える我その眼を持てど見えぬわが絵は
再びは描けぬと思ふわが絵ありわが絵といへど超えねばならぬ
限界をいかに超ゆるかを思ふより限界をいかに知るかと言ふこと
百年の後まで位は届くもの我の小さき絵の中にあれ

筆洗に落ちて溺れしゴキブリを見出でて妻をアトリエに呼ぶ

やすらかに廊下ゆくごとき生ありや長き廊下をゆきつつ思ふ

ほほゑみの中の訴へに気づかざりし我はほほゑみを返へしゐしのみ

夜のひまはり

絵を描いて暮してゆける筈なしと不安は我より父に深かりし

わが父が描きし四号の油絵の絵具のうすき自画像あはれ

夜のひまはり描きつつゐてよみがへる暗かりし戦後の夜の空間

湖の上に動かぬ霧の量心の霧のごとく重しも

描《ゑが》き得ぬもの

つぎつぎに生まるる雲を見てゐたりいかにして描かむ描き得ぬものを

見たままが真実かどうかわからなくなりたる後の我の真実

描きつつものを見る努力重ね来し我にして我を見る眼《まなこ》欲し

これ以上描かねばこの絵はいま終る描くか描かぬか終るか終らぬか

塩のごとく己れひきしむるわがためのわが絵のための心保たむ

絵に慣れて暮す我あり絵の怖さつのる我あり二人の我あり

ホームレス

百号ほどはあるかと思ふ段ボールの上に描かれしホームレスの絵は
新宿駅地下所見

次々と段ボール箱に描きゆく美大ぐらゐは出てゐるホームレスか

缶の椅子ボール箱の机書棚ありこのホームレスは読みつづけをり

地上より地下に吹き過ぎる寒い風受けて階段に動かぬホームレス

短靴とサンダルを前に揃へ置くこのホームレスは几帳面らしい

もの乞はず金乞はずなほ生きてゐる不思議を語れホームレスの誰か

自由な空

絵の中で最も自由な筈の空自由な空が自由に描けぬ

永遠の空の如くに見えてゐるジョットオの空も描かれし空

空のみを雲のみを描きしドラクロワの小さき紙片を見たりまた見たし

この絵にはこの空の他ないと言ふ絵の中の本当の空が描きたい

草に坐し水に映る雲眺めゐる静かなる時描く前の時

手に余る向日葵《ひまはり》の花を抱へたり充実はかくのごとく輝くばかり

ハワイ　オアフ島

仕合せはあたたかき海の色にあり十二月二十日ワイキキにあり

ワイキキの夕映の色過ぎたりとしばらくは色彩の恍惚の中

奇術見る一夜終りて当然の如く無事なりし奇術師と別れぬ

何もせぬことに慣れたる人々の時間の中に我も入りゆく

この島に来りし客がいつの間に征服者となりて島を治めし

清しき灰色

美しき灰色の空を見てゐたり画家には清しき灰色もある

チューブより押し出す絵具の輝きの喜びは今日も変らずにあり

もの言はぬ空間がいつかものを言ふ時ありと信じ絵をつづけをり

疲れつかれて終りしこの絵見る人の第一印象を我は恐るる

いかに描きいかに描かぬかも絵のうちと思へば深し写生の奥は

雲動く時に心の動きゆく描き始めし絵も動きゆく

メテオラの修道士

独居修道士棲みたりと聞きてここに見るメテオラの巌の幾つもの穴を

飢ゑ飢ゑし後に崖穴を出でゆきて僧が得たりし糧《かて》を思へり

イスタンブール

駈け引きのいとま楽しみ買ひたりしこの品を次にはいくらで売るのか

首飾り買ひし友あれば我らにも忽ち紅茶《チャイ》が配られて来ぬ

一九九七年

迷路にてトルコ商人に囲まれていかになりしかは想像上の恐怖

迷ひ迷ひて遂に買ひたりしトルコブルーの絨毯は山荘の寝室に落着く

ヨーロッパとアジアを別つ長き長き海峡の夕日沈みつつあり

現実としての認識に変りたり暗記して覚えしオスマントルコのこと

聞きたかりしコーランの祈りの声を聞く録音なれど尖塔《ミナレット》の上より

メッカの方に向はぬ祈りは意味なしと回教徒は方角に非常に拘る

山荘の冬

刺激する寒さ快し東京より一月《ひとつき》は早く冬となる山荘

集中度未だしと思ふ午前中窓を開け寒気を額に当てる

白樺の薪は乏しくなりたれどはや楽しまむ煖炉燃やして

炎育て炎見てゐるわが煖炉炎は我に何を語るか

遥かにもなりし人々この我の煖炉の炎のそばに呼びたし

無為の時間恐るる勿れ恐るるはわが身につきし古き考へ

樺色の針の葉の落葉降りつもりあたたかに高原の道はふくらむ

から松の濡れし落葉を掃き寄せぬ濡れし落葉も親しきものを
はるかなる赤

わが庭に現るる雉子はわが雉子と思はむけさは六羽を数ふ

わが庭に現れし雉子が去るまでのわがさきはひは昨日も今日も

野に棲みて何に肥えゐる雉子幾羽ただやすやすと生くるにはあらじ

動物の足跡が縦横にある畑われのみが靴の跡残しゆく

頂きの赤くなりゆく八ヶ岳はるかなる赤はやはらかく見ゆ

八ヶ岳すべて赤くなる時は来ぬ秀づる赤岳が赤を統べつつ

赤き山々やがて青々と暮れてゆくおだやかに明日を恃みてゐたり

朝のミルク飲みつつ高原の雲を見る暗き予感は遠のきてをり

描きかけの絵

幾月か置きて来りし山のアトリエ描きかけの絵は我を待つべし

高々とアトリエの窓に浮ぶ雲わが絵に今日の自由与へよ

無意識にいま引きし線を消してをり判断は否と言ふにあらねど

つづけざまに筆を洗ひて思ひをりこの絵のすべてを洗へぬものか

雲の明るさ暗さしづかさはげしさに動く心を描き得るや我は

描《ゑが》き始めし絵の中心の黄色い木どのやうに見るか描くかが問題

雪の野の雉子

冬の百日いかにか過すわが山の雉子思ひつつ東京にあり

いかにして冬を越さむかの知慧やどるあはれ小さき雉子の頭よ

雉子に会ひたし雉子に会ひたしと思へどもしばらくは遥か雪の野の雉子

日の当る土堤に心地よくをりたりし去年《こぞ》の春の蛇いづこに眠る

フランスより富士見にヴァカンスに来し君は今日も山ゆく猿に会ひたしと

作曲家は画家より後れてゐると言ふ我は君より後るると思ふに

新しき赤

わが願ふ願ひに遠き友らの絵わが絵はさらに願ひに遠し

絵を描きて成長して来し我なりと言ひ得るはいつかひそかに願ふ

いま我の見てゐる赤は若き日も見し赤なれど新しき赤

到達点見ゆる一瞬の幻に手を伸ばしゐつ浅き夢の中

壁ひとつ破れと人は言ふといへど見ゆる壁あり見えぬ壁あり

鍵穴に遂に合はざる古き鍵捨てむとしつつ幾歳保つ

針の上に立つと言ふほどの冒険を成しし人ありいたく自然に

終りゆくアララギ

風に向ひ飛ぶ砂に向ひ立ちゐたり快し我に抵抗力あり

多く語りしことは空しく語らざりしことのみ重し許せ君らよ

三月のある一日がアララギの八月十五日となりてゐたりし

終らねばならぬ終りと終りたき終りと終りたくなき終りと

滅びゆくものは讃へず貶めず滅ぶるもののただ中にゐる

崩壊を嗤ふ人々嘆く人々誇りある者は見届くるのみ

過去よりの光のみとなるアララギ星座九十光年なほし輝け

上山《かみのやま》　金瓶

やすらかに宝泉寺に降るこぬか雨茂吉を偲ぶ人々を包む

ひしひしとアララギの終り感じつつ茂吉の黒き墓に立ちをり

この終り茂吉が知らばいかばかり嘆くにやあらむ体震はせて

アララギの終り喜ばぬ茂太さんしかれどもユーモワは平常のまま

老いし茂吉幼き茂吉が息したる空気吸ひをり金瓶の空気

煙りつつ見ゆるさみどりに癒やす心茂吉の生れしこの地《つち》の上

赤きトマト三つ連なる茂吉の絵赤を愛しし故由はいかに

いつの日か上山《かみのやま》の牡丹描きたしありしアララギの豊かさを胸に

虹の断片

高々と最上川の辺の杉の秀にたなびく藤を舟に見る今日は

やはらかき緑の木々の秀の上に咲く藤あれば楽し曇りも

何に選びし最上川の辺かここにして娶りて陶を焼くフランス人
ひとたびはブルゴーニュの小村に住みつきし我ら思へばその逆もあらむ
美しき虹の断片を見し人よこの後は虹の顕つ空もなし
虹のかけらのひとかけらなき現実の歌に群れゐる人々の争ひ
原因は深きにあらむその闇を探らば我も闇に陥ちなむ

黄の大木

捉へ得ぬ光源があると感じつつ光の奥の光見てゐる

内側の我より出づる色彩がいかにか届く人の内側に

歩み来て黄の大木に出会ひたり我のすべてが黄にひたされぬ

ただ赤き赤を用ゐてただならぬ赤に至らむわれのみの赤に

尽くるなき赤き絨毯のつづく廊下歩みゆく歩みゆくレムの夢の中

万能の夢は万能にあらざりきわが耳に残る「開けゴマ」の声

否定的情熱といへどある時は燃えさかるものと思ひつつをり

ふところが深いと言はれ来し力士今場所はそれが深からず見ゆ

ムンクの影

人物の影か黒髪のひろがりかムンクの画面の影に脅ゆる

影の面積ひろびろとして絵の常識を覆へしたりムンクの影は

黒髪を好みて描きしムンクの絵黒は情熱の涯の色と言ふ

深々と暗きこの絵は鈍からず生き生きと少女の暗さ描けり

列なして群衆が見るムンク展絵になれば悲しみも美と言ふのみか

草刈機の音

草を刈る目的の他は考へず刈れども刈れども草は尽きざり

草刈機の音のひびきてゐる間聞えぬ我に妻は水を掛く

叢《くさむら》を出で入る幼き雉子幾羽そのあたり今日は刈らずに置くか

雉子の呼吸

見つつゐる窓に近づき来る雉子は妻と我との眼を集めしむ

曲線のふくらむ形美しと雉子のかすかな呼吸を見てゐる

見失ひし雉子を再び見出せり叢の中に動く保護色

昨日《きぞ》庭に遊びゐし雉子よ現れよわがこの庭は自由の庭ぞ

遠く近く応へて雉子の鳴ける声羨しとも羨し信じ合ふ声

自浄作用

偏《かたよ》りてゆく感覚を自覚する徹底しようその偏りに
わが命宿りし母の胎内にすでに目覚めゐしわが感覚か
自らを浄むる仕事となり得るや絵を描く自浄作用にたのまむ
軌道修正図れる脳の新鮮さ願ひて青き絵具を出《いだ》す
わが好むこの色彩は今日の絵の敵となりたり敵と闘はむ

アララギ終焉

厳かに滅びゆくべしわが国に歌あらしめし集団なれば

跋

常磐井　猷麿

長い作歌歴を持つ長森聰氏の第一歌集が漸く出版されることとなった。氏の若い頃の作品を知らぬ私にとって、これは大きな喜びであるし、他の人々にとっても長年の渇を癒すものであろうことは疑いない。

聰氏が歌を始めたのは、当然光代夫人の影響であろうと思っていたが、冒頭の毎日歌壇の二首（年時不詳）が佐藤佐太郎選である所を見ると、「歩道」入会以後のものであろうか。光代夫人と「歩道」とのつながりが特にないとすれば、聰氏が単独で入会されたかとも思われるが、この辺りの事情は氏自らが後記に記されるであろうから推測を加えないでおく。

光代夫人が月々フランスから「アララギ」に送られた海外詠は、その新鮮さにおいて、その詩性の高さにおいて、抜群のものであった。私達は感歎し、憧れをもってそれらを読んだ。例えば、

続かぬと知る仕合せの如きいろ斜めに雲が街空に立つ
広場より塔の明りの届く部屋さむしと言ひぬみづからの声

牡蠣を冷やす氷とけゆく卓の前踊らむと我を誘ふ老あり

こんなに哀しく、美しく、深い海外詠が、これまでにあったろうか。いや、今後にも絶無であろう。このすぐれた歌人を妻とした聰氏が夫人の歌に感化されなかった筈はない。氏の海外の風物詠がいささか報告的で、光代夫人に及ばぬとしても、それは微塵も不名誉なことではない。氏の歌の本領は、何と言ってもその画業にかかわる歌にある。

描くということがどんなに酷しい作業であるか、読む者までもが息詰まる思いになり、作者の謹直な姿勢と、苦難に立ち向かう烈しい闘志に、自づと衿を正さしめられるのである。

筆を下ろしし一瞬のこの発色の楽しみは神と我とのみ知る
感覚の濁りを捨つるごとくにも幾度も捨つ筆洗の水
なほ足りぬ思考の質かその量か構図定むるは明日まで待たむ
もの足りぬと言われしよりの数時間もの足りぬ絵をただ削りゐし

赤と黒の絵を描き来し二週間己れ強めむ強めむとして
絵具より光の出づる思ひするこの絵灯ともす如く描きたし
絶望あり希望ありまた絶望ありただ一点のこの絵に繰り返す
わが好むこの色彩は今日の絵の敵となりたり敵と闘はむ

何という凄い作業だろう。酷《むご》いと言った方がよかろうか。これ程に刻苦して何ほどのものが得られるのだろうか、と恐ろしくさえなるのだが、

この我に稀々に神が贈り来し色調ありと人には言はず
見えざりしものが見え来るこの今に描くべしその見えざりしものを
絵具ゆたかに赤きはなびら描く時絵具は思ひ遂ぐるが如し

その代償（？）としてもたらされる仕合せは何物にも替え難い、至福というべきものであろう。ただそれは、僅かな時間であるに相違ないのだが……。氏は絵と格闘する傍ら、光代夫人とも格闘せねばならなかった。聰氏は夫人の最上の伴侶であり続けたが、その努力はいかばかりであったろう。気性の激

しい夫人とのバトルの結末は、お互いに土下座して謝ることだったという。
（「アララギ派」平成十七年二月号）

光代夫人は聰氏に「歌集より先ず画集だよ」と言っておられたというが、この言葉にはひょっとすると、歌が進展し、アララギでも重用されるようになって来た夫君への妬心が混ってはいまいか。短歌の面では、夫君はもうライバルたり得たのである。

氏の困難な画業が作歌にもたらしたものは、結局「写生」であろう。ここにアララギの「写生」と共通する道程があると思われる。先に「見えざりしものが見え来るこの今」の歌を挙げたが、アララギの目指す究極の写生が見えざるものを描くことにあることを思えば、画業とは何と仕合せな仕事ではなかったか。

眼に見ゆる赤あり我の奥底に見えぬ赤あり相照し合ふ
美しき赤を求めむ眼の前の赤にはあらぬ絵の奥の赤を

消えてゆく形見えて来る形あり形の奥に存在がある
呼吸し得る空気の量が絵の中にいまだ足りぬと苦しみてをり

絵の中に描き込まれた大気の量など、誰が感じるだろうか。まして、自分が（あるいは人々が）呼吸し得る大気の量が足りないと聰氏は苦しむのだ。見えない空気をどう描こうというのだろう。

幸い、と言っては甚だ失礼なことになるのだが、近年に至って聰氏は聴力を著しく損なわれた。見えぬものを見ると共に、聞えぬ音を聞く世界を得られたのである。

これが、今後の氏の写生の領域をどう変化させ、進展させるであろうか。私は大きな期待をもって見守りたく思う。

ついでに言う。近来の氏の歌に、重層表現とでも言おうか、繰返しの表現が甚だ多いのを注意して見て来たが、本集によってそれが近来のことでなく、若い頃から多用されていることを知って驚いた。

水と道と並び一筋に真直ぐなり水光り道乾き涯に塔あり

土乾き草乾き赤き屋根乾き赤き瓦の上の雲も乾く

赤きベッドカバーより日々に埃落ち埃は赤し赤き埃掃く

人の中の孤独とひとりの時の孤独結ぶ孤独の中に生きをり

絵具の重ね塗りにも似たこの手法が、現在ではもっとすっきりと、くどさを感じさせぬ力強さに進化して来ているのを見る。

それにつけても、平成九年以後の第二歌集もぜひ続刊して欲しい。それと共に光代夫人の遺歌集もぜひ出していただきたい。

そして、勿論、画集も。私達も何等かのお手伝いはできると思う。

聰氏にガイドしていただいてのパリ旅行も実現できないものかと夢想することがあるが、聰氏再度の渡仏は御無理であろうか。心安立てのお願いばかりを記して、何ともひどい跋文になったがお許しを願いたい。

それもこれも、氏の御健安を切に念じての駄言である。

平成二十五年五月

あとがき

これは、私の第一歌集です。八十五歳になった私の初めての歌集ですから余りにも遅いと思われるでしょうが、それには訳《わけ》があります。「歌集より画集を早く出しなさい」と言っていた亡妻に背いて歌集を先に出すことをためらっていたからです。

しかし、「それでも、どうしても早く歌集を出しなさい」と強くお勧め下さっていた「アララギ派」主宰の常磐井猷麿兄があったり、一寸そんな意向を話したばかりに忽ち現代短歌社の今泉さんに連絡されてしまった雁部貞夫さんがあったりしたものですから、私も覚悟を決めざるを得なくなったのです。

取り敢えず「アララギ」終刊までに作った千二百八十数首をまとめることにしました。約三十年を超える間の歌ですから極めて雑駁なものです。ただ自分の歩いて来た道の道標を数えるだけのものでしかありません。

私には、歌の基礎と言うものがありません。歌のアカデミズムと言うものが欠けているのです。国文法も、旧仮名遣いもあやふやです。とても歌人などと言えるものではないど素人です。それなのにどうして歌を作っているのかと言えば、それはただ私の中に自然に歌が泡のように湧いて来るからだと言う他はないのです。

亡妻、長森光代は、私の歌作りを評して「あんたのは全くのあぶく短歌だね」と申しました。泡は消え去ってゆきますが消えない泡として歌に残そうとするのです。質《たち》のいい泡と、そうでもない泡とがあります。泡の選択と、それを煮つめる努力が必要です。しかし、何と言う果敢い努力でしょうか。もともと泡なのですから……。

「あぶく短歌」は、よく言えば自然発生的ですが、悪く言えばでたらめです。けれども、小暮政次先生は「でたらめ位難しいものはないよ」と嘆息されました。その辺が私にとっても課題でしょう。

私の短歌との結びつきの最初は、斎藤茂吉の『赤光』です。ことごとく身に迫る感じで読みました。言葉のひびき、その調べ、その圧力、そしてそこにはミスティックな魅力さえあったのです。歌と言うものとの衝撃的な出会いでした。とても及ばないけれど一歩でも近づきたいと言う思いは今もしています。

「赤光」の赤が示すように茂吉には独特の色彩感覚があります。画家の卵であった私にはそれも嬉しいことの一つでした。歌に色を与えようと言う気持は、絵に対してと同じように、私はいつも持っています。その初動は茂吉でありました。

変な話ですが、私は、トイレ文学と称してトイレに積んだ本を読みます。その中に、佐藤佐太郎著の『茂吉秀歌』上下二巻があります。私が最も屢々読む本です。佐太郎先生は茂吉の傍にいた人なのでその文章には体感的な実質があります。私のように茂吉に会ったことのない人間にも伝わる茂吉があります。

ですから、会ったことのない茂吉が私の恩人でもあるのです。実際に会ったことのある歌についての恩人と言えば三人あります。佐藤佐太郎先生、小暮政次先生、亡妻、長森光代です。

すべて故人ですが、最も身近にいた光代から述べましょう。光代は、土屋文明先生直門で、十七歳で師に導かれ「アララギ」に入会、終刊まで約五十八年間、会員。最後の約五年間「アララギ」選者。「アララギ」終刊後は無所属。一九九九年「アララギ派」選者（三年半）と言う略歴ですが、短歌のみならず文学全体に視野と実績を残した人でした。

つねに現状に満足せず、アララギの写実をもっと広義なものにしたいと烈しく革新を望んだ人でしたから晩年は周囲の強い反撥を受けましたが、それに屈せぬ強い精神を保った姿が忘れられません。私は隣にいていつも応援する立場でした。

そもそもの私との出会いは、フランス語会話のグループでした。光代は、満足しない質《たち》ですからその頃の生活を一新してフランスに渡ろうと思っていたのです。それには当然抵抗もあったけれど、それを乗り切ろうとした切実な願いの現れがこの会話の勉強でした。私も、フランスで絵を学び直したい願いがありましたから、二人の願いは一致したのです。

ヴィニョさんと言うフランス人女性が会話の先生で、その住まいに集ってのグループ授業はなかなかに新鮮な雰囲気でした。光代と私との交流も自然に繁くなったと言うわけです。

光代が歌人であることも、夫も、三人の子供もある人だと言うこともわかったのでした。そうした事情の人がフランスに行って暮したいと言うのは実に不思議なことでしたが、その不思議を不思議としながら、実際にフランスに行って見ると二人の間は、より密接に呼び合う木霊のような感じになってゆくのでした。これも不思議な人生の奇蹟でした。

この奇蹟が光代の最期まで続いたことも真の奇蹟と言えましょう。

さて、光代と私の歌に於ての間係ですが、これも実に妙なものでした。光代は私が歌をやることには大変反対でした。「折角、絵と言うものがあるのに歌なんかに溺れることはない」と言うのが彼女の立場でした。それでも私はずっと歌を続けていたのでした。

そんなですから、光代は私の歌について批評めいた言葉をかけると言うことは殆どありませんでした。ただ二度だけ例外があります。三十数年間に二度だけですので、私は今もよく覚えております。それは褒めてくれたのでした。珍しいことなので、ここに記《しる》しておきましょう。

一度目は「煖炉」と題する二首です。

傍らに火を眺めゐし亡き章子燃えゐし煖炉燃えゐる煖炉

燃えてゐる煖炉の中に見ゆるもの過ぎてさまざまに燃えつきしもの

これは光代の次女章子を偲ぶ歌で、我々の山荘に泊っては煖炉の火を眺めてゐた章子の姿を思い出しているのです。本当は光代自身がこのように作りたかった歌ではないでしょうか。私が光代の気持を代弁しているようなものだと思います。

二度目は「黄の大木」と題する一首です。

歩み来て黄の大木に出会ひたり我のすべてが黄にひたされぬ

この歌には、私の或る徹底した気持が出ているとも言えます。

何と言っても光代は私の隣にいるのに、私の歌には沈黙を続けていたのですからそれは私には大きな圧力になっていました。勿論、歌の実力は私を遥かに超えるものでしたからそれが黙って私の傍らにいることは例えようのない毎日の連続でした。その抵抗に耐えることが私の薬になったのです。

光代は、苦労して、苦労して歌を作っていたのですが、それが出来上ると一息に読める歌になっていました。私には、それも無言の教訓でした。

次に挙げる恩人は、佐藤佐太郎先生です。先生とのご縁の始まりは、私が何の気なしに歌を投稿した「毎日歌壇」の先生の選歌欄でした。一首ずつ二回投稿したのみなのに二度とも採っていただけて不思議な気がいたしました。その新聞の切抜などもしていないし、日付の記憶もありません。ただ歌だけを覚えているのです。

さらに不思議なことは、その後、先生から「『歩道』に歌を出さないか」とお誘いをいただいたことでした。その頃の私は絵に夢中で歌を或る数作って毎月歌誌に出すなどは、夢にも思えぬことで、このお誘いはそのままになってしまいました。勿論、そのお言葉のありがたさは胸に沁みていましたが、直ぐにはそれに従えなかったのです。

そんなことがあった後、私は、一九六一年、フランスに留学することになり、その記念に渋谷の小さな喫茶店で個展をいたしました。先生にもご挨拶のつもりで案内を差上げましたところ本当にご覧下さって御署名がありました。私の不在中のことで、まさかと思いましたが本当だったのです。後から思うと先生はとても絵のお好きな方でご自身もお描きになられるとのことでした。

フランス滞在三年目の一九六四年春、私は、ふっと又歌が出来たので先生のことを思い出し、パリからその歌を「歩道」に送りました。先生からは『短歌指導』と言う初心者向けの入門書が送られてまいりました。そんなこんなでとうとう歌の世界の門を潜《くぐ》ったのです。

偶然なことに、その年の十月十三日、佐太郎先生は志満夫人と共にパリに見え、私は初めて先生ご夫妻にお目にかかったのです。今思えば、この時が唯一の先生との初めての又最後のお目もじの機会だったのです。

拙《つたな》い歌をお目にかけてご批評を乞うたのもこの時のことでした。前から申しますように光代は私の歌については何も言わぬので、実力者であられる先生からのお言葉は全く初めての雷の如くに感じました。自分なりの歌への思いは粉々に壊されましたが、この時のことは今も大切に覚えております。

私の最初の師ですから先生のことは忘れられないのですが、その後も私はずっとフランスにいて「歩道」の歌会には遂に一度も出る機会がありませんでした。ですから私には「歩道」の仲間と言うのは先生以外に一人もいなかったのです。

一九六五年からは、私は「アララギ」にも歌を出すことになり、六七年までは「歩道」と両方になりました。流石に疲れて、遂に「歩道」は止めざるを得なくなったのでした。佐太郎先生の恩顧を思えばまことに申訳のないことだったと思います。

ただ一度の先生との出会いは私の運命でしたが、佐太郎著『茂吉秀歌』を読むのが今の日常ですから、今も先生の声を遠く近く聞いていると思っております。

恩人としてさらに触れるのは小暮政次先生のことです。先生と私どもは、無数回の出会いを重ねた非常に親しい間柄でした。特に、先生が中野にお住まいだった頃には、私どもの笹塚との距離が近かった故もあり、屢々、お声がかかるので楽しみにお宅に伺いました。一枝夫人と私どもとの相性もまことに良かったので、いつも夕餉を共にし、深更二時頃まで話しこむことがありました。懐かしさ限りないものがあります。

四人での会話ですから、余り歌の話はないのに話が尽きなかったのです。つまりは雑談ですが先生はそれがお好きだったのです。ご夫妻は外国旅行がお好きで実に数多の国々へ出掛けられております。私どもを訪ねてフランスにもお見えになりました。しかし、そこで言われるには「旅は旅でしかないから、実際にそこに永年住んでいる君達には敵《かな》わないよ」と申されるのでした。外国で、本当にそこで暮すと言うことの意味をよくおわかりになっておられたのです。

上機嫌で外国の話をしておられた先生が、歌の話となると急に険しい顔になられて「何かと言うと写生、写生と言う奴がいるが、そう言うのが一番写生をわかっていないんだよな」などと言われるのでした。アララギ先進の選者方の中でも、最も新しい写実に向っておられた先生らしい言葉です。

「土曜会」と言う先生を慕う人々の月一回の集まりがあって、大河原惇行、吉村睦人、三宅奈緒子、新貝雅子、石井登喜夫、山中清一などの当時の中堅の諸兄姉が集まり、多い時には十四、五人になる時もありました。私どもも出席しておりました。先生の批評は短く、鋭く、厳しいもので、説明なしなので身に響けるものでした。私の歌については、殆ど例外なしに「君のはいつも知的に過ぎる」と言われました。家に帰るとその度毎に光代が大笑いして「水戸黄門を見ながらアハハと笑っているあなたのどこが知的なんでしょうね」などとからかうのでした。私自身も、そうとしか思えないのでとまどっていたものです。

今度の私の歌集をお読み下さる皆様がこの知的と言う言葉をどう受け止められるのかが、私には楽しみです。

先生は「天上天下唯我独尊」の方で、その自信の強烈さが、いつも自信のない私には強い刺激になりました。こんな方は今後は出ないと思います。先生に向って文明先生が「君は自由にやり給え」と言われたそうで「そんなことを言われたのは私だけだと思うよ」と言われていたことも思い出します。

先生の存在は、私にとって、どこまでも親しく懐しく、しかし、歌については、どこか底知れぬ恐ろしさを感じさせる方でした。かけがえのない貴重な方として今も慕っております。

畏友、常磐井猷麿兄からは、大変お心厚い跋文をいただきました。もの凄くお忙しい日常を送られておられる兄が、この何とも纏らぬ歌集の大量の歌をお読み下さっただけでも恐縮ですのに、本当によく噛み砕いて読んで下さって、ご批評の主題を私の絵の仕事についての歌にだけ搾られたのでした。

絵は、私の生業《なりわい》ですから私の思いは、いつもそこに溢れ、溢れているのです。それをこんなによく汲んでいただけるとは思いもかけぬことでした。限りない幸せと存じます。ありきたりの言葉ではとても尽せぬお励ましと感謝いたしております。

おかげさまで、この歌集には絵と言う一本の骨格が出来ました。画家の歌集は少いそうですが、私のこんな歌集もあっていいのではと申されているような気もいたします。
皆様には、拙《つたな》い画家の一心の歌集として、どうかお読みいただけますように。

二〇一三年五月　東京笹塚にて

長森　聰

長森　聰　略歴

1928年　神奈川県逗子に生まれる
1952年　春陽展に出品　以後も出品
1953年　東京芸術大学卒業
1961年～66年　フランス国立パリ美術学校《ボーザール》に学ぶ
1961年～78年の間に滞仏13年
1971年　春陽会会員
1979年　信州富士見高原に山荘アトリエを作る
1980年～92年　新潟大学教授
「歩道」「久木」「アララギ」に出詠
現在は「アララギ派」に出詠

歌集　寒色暖色　アララギ派叢書第21篇

平成25年6月21日　発行

著　者　長　森　聰

〒151-0073　東京都渋谷区笹塚2-42-4

発行人　道　具　武　志
印　刷　㈱キャップス
発行所　現代短歌社

〒113-0033　東京都文京区本郷1-35-26
振替口座　00160-5-290969
電　話　03（5804）7100

定価3000円（本体2857円＋税）